스터리 스터리 나잇
Starry, Starry Night

스터리 스터리 나잇

1쇄 발행일 | 2017년 08월 30일

지은이 | 윤규열
펴낸이 | 정화숙
펴낸곳 | 개미

출판등록 | 제313-2001-61호 1992. 2. 18
주소 | (04175) 서울시 마포구 마포대로 12, B-127호(마포동, 한신빌딩)
전화 | (02)704-2546
팩스 | (02)714-2365
E-mail | lily12140@hanmail.net

ⓒ 윤규열, 2017
ISBN 978-89-94459-78-3 03810

값 15,000원

스터리 스터리 나잇
Starry, Starry Night

윤규열 장편소설

개미

누구를 사랑한다는 것.

그 사람의 얼굴을 떠올리거나 이름 석 자 중 한 글자만 보더라도 울컥하고 치미는 것.

정신장애인들과 함께한 시간이 벌써 이십오 년이 되었다. 적극적으로 그들과 함께하고 싶어 시설을 만든 것은 20여 년이 지났다. 실로 기나긴 세월을 함께하다 보니, 이제는 회원과 관리자가 아니라 동네 형님과 아우 같은 기분이 든다.

처음 정신장애인을 접한 것은 순전히 우연이었다. 당시 나의 사업체 근처는 후미진 골목길이 많았는데, 골목길 사이사이에 정체를 알 수 없는 사람들이 많았다. 처음에는 그냥 동네 백수겠거니 하였는데, 한여름 불볕을 피할 생각도 하지않고 길 한복판에 쭈그리고 앉아 있던 그 사람을 보면서 '아. 정상이 아니구나'라고 생각했다. 달이 바뀌고 계절이 바뀌어도 같은 장소에서 같은 자세로 앉아 있는 그 사람을 보면서 측은한 마음이 들었고, 순진하게도 '내가 뭔가를 해줄 게 없을까?'라는 단순한 동기가 그 시작이었다.

이제 시간이 많이 지났다.

은퇴한 사람들의 자리를 학식과 정열이 풍부한 젊은이들이 채워 나간다. 그들은 내가 처음 시설을 시작할 때 마음가짐인 온정주의는 사치라고 생각하는 듯, 새로운 학문으로 무장해 있다. 어느 때 보면 실로 차갑다는 느낌이 들 정도로 냉정하게 일처리를 한다.

나는 항상 그들을 바라볼 때 요즘 젊은이들은 왜 저러지라고만 생각했다. 나조차도 내가 정답이라고 생각하고 변하고자 생각한 적이 없다는 얘기다.

요즘 진나라의 멸망을 생각해본다. 7국으로 나뉘어져 있던 중국을 법치로 통일하고도 냉정하고 준엄한 그 법가의 법 때문에 십오 년 만에 멸망하고 만 진나라. 우리가 그 짝이 되지 않을까 생각하면 등골이 서늘하다.

정신장애인에 관련된 법은 수없이 바뀌고, 실무와는 동떨어진 기준의 법이라도 그것을 지켜야 한다. 법이기 때문이다. 법이 쓰여 있는 텍스트는 보기만 해도 차갑다. 몇조 몇항으로 시작하는 법령을 보면 나도 모르게 미간을 찌푸리고 있다. 내가 늙은 탓인가 그들이 냉정한 것인가.

법적으로 정신장애인은 늘 감시의 눈동자가 필요하다. 하지만 실무에서 느끼는 그들은 누구보다도 프라이버시가 필요하다.

그들에게 자유를 주어보았는가? 자유롭게 살아보라고 하면 그들의 얼굴에 얼마나 환희의 광채가 이는지 본 적 있는가? 법에는 그들의 자기결정권을 보장하라고 하지만 정말 그럴 생각은 있는 것인가?

올해부터 정신건강증진 및 정신질환자복지서비스 지원에 관한 법률이 새로운 이름으로 탄생한다. 바라건대 이 법이 오래 지속되길 빈다.

끝으로 레오나르도 다빈치의 이야기를 상기한다.

"새끼를 위하여 사냥을 나갔던 검은 방울새는 돌아와 보니 둥지가 비었다는 것을 발견한다. 어쩔 줄 몰라 하다 지나가는 농부에게 말한다. 내 새끼들 본 적이 있느냐고 농부는 저 마을 큰 집에 있는 사람들이 잡아갔다고 말한다. 어미 검은 방울새는 그곳으로 가보니 새장 안에 있는 새끼를 발견한다. 궁리 끝에 먹이를 물어다가 새끼에게 준다. 새끼는 어미가 물어다 준 먹이를 먹고 죽어가게 되고 어미는 죽어가는 새끼를 보고 말한다. 애야, 자유가 없는 것은 죽는 것보다 못한 거란다. 어미가 물어다 준 먹이는 독초였던 것이다."

— 이 소설의 인세가 발생할 때에는 모두 정신장애인들의 재활을 돕는 일에 기부될 것이다 —

2017년 8월

윤규열

1

길게 드리워진 사이프러스나무 그림자가 마치 무엇이든 집어삼킬 듯 성난 괴수처럼 바람이 부는 대로 연습실 창문을 서성거리고 있었다.

석규는 괴수에게 잡혀 먹힌 듯 그림자 속에 서서 꼼짝도 하지 않고 창밖을 응시하였다.

연습실엔 기악부 단원들과 성악부 단원들이 연습실을 비좁게 차지하고 있어 감독교수인 석규의 숨소리까지 단원들에게 다 들렸다.

방금까지 소리를 다듬고 동선을 연습하던 오페라 단원들은 자꾸만 무거워지는 연습실의 분위기에 맞게 석규의 고민을 함께 생각해 보고 있었다.

승희는 모든 것이 꼭 닭장 안의 닭들처럼 느껴졌다. 시끄럽게 떠들어대다가 교수의 심리적 변화에 따라 갑자기 찬물을 끼 얹듯 고요해지는 모습을 종종 보아왔기 때문이다.

'오페라를 무대에 올리는 것이 그리 쉽겠어. 프로인 오페라 단원들도 오페라 하나를 무대에 올리는 데에는 몇 년씩 걸린다던데…… 이렇게 더디게 진행되다가는 이번 졸업작품으로 올리기에는 힘들 것이고.'

승희는 당연한 결과라 생각하며 교수의 모습만 바라보았다.

단원들은 석규의 모습을 보며 암탉이 갑자기 나타난 지렁이를 보고 어떻게 할까 고민하듯 감독교수의 생각이 무엇인지 추측하고 있었다.

시끄러운 연습실에는 갑자기 전등이 꺼진 듯 정적이 흘렀다. 방금 전까지 고음으로 노래하던 비올레타 역의 승희는 석규의 뒷모습을 바라보며 마른침을 꿀꺽 삼켰다.

어찌나 조용했던지 연습실에 침 넘어가는 소리가 주위의 단원들에게 들릴 정도였다.

오페라의 단원들 중 오케스트라는 악기를 든 채 위험에 처한 비둘기가 날아오르려는 것처럼 긴장하고 앉아 비올레타와 석규를 번갈아 바라보았다. 한동안 무거운 침묵이 흘렀다.

승희는 방금 전에 소리쳤던 교수의 목소리가 연습실에 한
동안 머물러 있는 것 같아 고개를 숙이고 있었다.

'교수님도 생각대로 되지 않으니 답답하겠지. 하지만 우린
아직까지 학생이고 교수님의 의도대로 따라줄 수 없으
니…… 답답하기는 우리도 같아. 능력이 미치지 못하는 것이
이처럼 부끄러운 것인지.'

그렇게 답답함을 합리화하였다.

한참 동안 창밖을 바라보던 석규는 돌아서 단원들을 바라
보며 짧게 말했다.

"자 다시 시작합시다."

잔뜩 찌푸린 못마땅한 얼굴이었지만 그 한마디에 단원들
의 굳어 있던 얼굴이 환하게 펴지는 순간이었다.

"첼로. 바이올린. 비올라. 자 준비 되었어요? 피아니시시
모로 갑니다. 비올레타 준비하세요."

허공에 머문 석규의 손이 순간이었지만 긴장했는지 파르
르 떨었다. 손이 움직이자 오케스트라 단원들은 일제히 악기
를 들어 올려 서곡을 연주하기 시작하였다.

연습실 안은 다시 소란스러웠다. 성악과 단원들은 무대에
서 움직여야 할 동선까지 생각하며 노래를 해야 했기 때문에
마음속이 더욱 복잡했다.

'이런 땐 기악을 하는 친구들이 부럽단 말야. 앉아서 자기
가 하고자 하는 음만 악보를 보고 악기로 표현하면 그만이

니.'

그렇게 생각하며 악기를 움직이는 기악부 단원들을 바라보았다.

기악부 단원들은 자기가 만들어내는 음에 취하는지 잔뜩 고무된 분위기로 연주를 하고 있었다.

모기 소리처럼 들릴 듯 말 듯 비올라의 흐느끼는 소리로 시작된 라트라비아타의 서곡이 끊어질 듯 이어졌다.

서곡은 그 음악의 전부를 함축해놓고 있어 앞으로 펼쳐질 드라마틱한 환경을 훤하게 보여주고 있었다.

석규는 서곡에 흡족했던지 턱을 들어 올리고 소리를 음미하였다.

'교수님처럼 저렇게 서곡에 취해버리면 낭패를 볼 수 있어. 이번 만큼은 실수를 하지 말아야 하는데…… 학교도 이것으로 졸업이고 교수님에게 내가 해줄 수 있는 것이 이것뿐일 것이고……'

승희는 마음을 다잡고 머릿속으로 곡을 읽어나가며 첫 음정을 생각하고 있었다.

차츰 바이올린 소리가 끼어들면서 경쾌한 박자로 이어지자 승희는 긴장하며 교수를 바라보았다.

'얼굴을 펴야 해. 교수님은 나를 오케스트라의 일원들이 가지고 있는 악기처럼 곡을 놓치지 말고 하나의 악기가 되라는 것이야. 악상을 따라가야지. 늘 그랬던 것처럼 곡을 전부

이해하게 되면 시작부터 끝을 생각하게 되어 표정까지 슬퍼져 전부를 망치곤 한단 말이야. 그때그때 상황에 맞게 연기를 해야 하는 것이지.'

승희는 박자를 따라가며 손가락을 구부려 아무도 보이지 않게 박자를 맞추어 나갔다.

피아니시시모로 시작한 음악이 데크레센도로 접어들고 전 악기가 소리를 내뿜었다.

'잘 시작해야 해.'

머릿속으로 다짐하며 목을 점검하려고 침을 꿀꺽 삼켰다.

서곡이 경쾌한 이미지로 돌아서며 바이올린이 울고 잠시 후 악기를 들었던 단원들이 일제히 긴장을 풀자 석규가 손가락으로 무대 뒤를 가리켰다.

숨죽이며 석규를 바라보던 단원들이 무대 뒤에서 우르르 쏟아져 나오고 예정된 자리로 향하며 합창을 하였다.

웃는 역할과 왁자지껄 소란한 모습, 근대 유럽 부호들의 파티장을 표현하고 있었다. 단원들의 동선은 모두가 연습된 수순대로 진행되었지만 수많은 연습의 결과 자연스런 행동처럼 보였다.

붉은 옷의 승희는 합창을 따라 하며 밤의 여왕처럼 단원들의 주위를 돌았다. 검은 양복과 흰옷으로 장식된 무대에 마치 군계일학의 홍학처럼 붉은 한 점의 옷이 무대를 점령해 있었다.

알푸레도가 테너 음이지만 최대한 부드럽게 마치 수탉이 마음에 드는 암탉을 보고 부리로 모이를 골라주듯 그윽한 시선으로 다가오며 노래를 불렀다.

교수의 지휘봉이 허공을 가르자 승희는 첫 음정을 내 뿜었다.

거침없었다. 실수한 경험도 있고 그동안 수백 차례 처음을 연습한 터라 저절로 이태리 언어가 터져 나왔다.

자기도 모르게 오케스트라의 음악을 따라가며 악기를 연주하는 한 일원이 되어 그들을 바라보았다.

"아니지 아니야!"

지휘봉을 휘저으며 고함을 질렀다.

단원들의 눈은 화들짝 놀란 토끼와 같았다.

"비올레타! 음악을 따라가지 말고 리드해 가란 말이야. 그게 프리마돈나가 하는 일이라고. 모든 관객들이 비올레타에 집중하고 있는데 음악을 따라가면 안 된다고. 음악이 비올레타를 따라가는 거야. 여기를 봐. 모두 흰옷과 검은 옷 사이에 비올레타만 붉은 옷이잖나? 왜겠어요? 이건 극과 음악이 함께 있는 오페라라고 하는 겁니다. 여기에서 주인공이라고요. 프리마돈나, 알겠어요? 프리마돈나의 음을 악기들은 물론이고 여기에 초대된 모든 사람들이 받쳐줘야 하는 것입니다. 단원들 모두는 프리마돈나를 바라보는데 프리마돈나가 단원들을 생각하면 안 됩니다. 알겠어요."

승희는 대답 대신 고개를 숙였다.

'어제까지만 해도 악기의 일원처럼 노래하라고 누차 지적하더니 막상 무대에 오르려고 하자 이게 뭔가? 그래 이제는 연습이 다 되었으니 극 중의 역할을 하라는 것이지.'

승희는 그렇게 이해하며 교수를 바라보았다.

오케스트라 단원들은 긴장되어 팽팽한 풍선에 바람이 빠져나가듯 일제히 악기를 내려놓았다. 기악부 단원들의 얼굴에도 실망의 눈초리를 느낄 수 있었다.

승희는 부끄럽기도 하고 어떻게 해야 할지 생각해보다

'그래 될 대로 되라고 난들 이 상황에서 어떻게 하겠어.'

석규의 얼굴은 석양빛을 받아서인지 술에 만취한 사람처럼 얼굴이 벌겋게 달아오르고 있었다.

한동안 단원들이 이 오페라를 이해하지 못하고 있는 것이 아쉽다는 표정을 지었다.

"이제 막이 올라갈 시간이 얼마 남지 않았어요. 여러분들이 얼마나 현실처럼 이해하느냐에 따라 성패가 달린 것입니다. 비올레타 시간이 없으니 바로 들어갑니다. 오케스트라는 마지막 한마디만 합니다."

'그래 내 맘대로 하자 저 교수가 뭐라 지껄이든 내 맘대로 있는 힘껏 소리를 지르는 것이야. 이제 나도 지쳤고.'

교수의 표정을 살피지 말고 오르지 박자에 치중하면서 자기 마음대로 하리라 다짐하면서 박자를 계산하였다.

교수의 손에 집중하며 얼굴이 붉게 상기되어 있는 얼굴을 설핏 살폈다.

이미 무대로 나와 있던 단원들이 마치 닭장 안에 있던 닭들이 무엇에 놀라 소란치는 것처럼 시끄럽게 들렸다.

알푸레도가 승희 옆으로 다가오며 노래를 부르자 어떻게 해야 할지 몰라 석규를 바라보았다. 알푸레도의 그윽한 시선 따위를 관여치 않고 지휘자만 바라보았다.

교수는 알푸레도를 바라보라는 듯 시선을 돌렸다. 승희는 마치 현실같이 사랑스런 모습으로 알푸레도를 바라보며 밤의 여왕처럼 그윽하게 사랑을 받아들이는 표정을 하였다.

눈짓으로 준비하라는 동시에 다시 손을 움직였다. 순간 자신도 모르게 목소리가 튀어나왔다.

잘한다는 듯 지휘봉을 더욱 힘차게 내저었다.

숨을 죽이고 있던 알푸레도도 잘한다는 듯 얼굴에 미소를 보이며 테너 음을 소화해 나갔다.

계란탕 뚝배기에 노른자와 흰자가 물에 잘 섞여 있는 것처럼 두 사람의 아리아 음정이 듣기 좋게 섞였다.

그때부터 이것이구나 생각되어 오케스트라를 배려한다거나 주위 단원들을 배려하는 따위는 생각하지 말자고 다짐하면서 그저 자기 소리를 내 질렀다.

'그래 이렇게 하라고.'

그때부터 오케스트라의 음악과 지휘자까지도 안중에 없었

다. 그저 있는 그대로 자기 소리를 허공에 내던졌다. 알푸레
도가 미소를 지으면 자신도 따라 미소 지었다.

수백 차례 연습을 해온 터라 저절로 박자도 맞았다. 교수
의 손이 더욱 힘차게 허공을 더듬거렸다.

축배의 노래까지 진행되는 내내 머릿속에 파티를 생각하
며 노래했다. 파티에 초대한 사람들이 하나둘 나타나자 승희
는 고급 요정의 여왕처럼 천박스럽게 웃었다.

석규는 잘하고 있다는 듯 잘생긴 암탉을 바라보는 수탉처
럼 얼굴에 흡족한 미소까지 흘리고 있었고 때때로 음악에 취
하는지 눈을 감았다.

축배의 노래가 끝나자 지휘봉을 내려놓고 호주머니에서
수건을 꺼내 이마의 땀을 닦았다. 오페라 단원들은 석규의
행동을 주시하며 긴장을 풀었다.

"너무들 잘했습니다. 이 정도면 무대에 올려도 될 것 같습
니다. 우리 단원들에게 누차 말했지만 뒤마피스의 소설을 이
해해야 합니다. 그리고 나서 새로운 시각으로 접근하는 것입
니다. 소설과 오페라는 다른 것이지만 전체적인 배경은 같은
것입니다."

비올레타는 의자에 앉아 숨을 몰아쉬며 석규를 바라보았
다.

'그래 교수가 요구하는 것이 이것이었어.'

주인공은 카리스마가 있어야 한다고 누차 말했던 교수의

말을 떠올렸다.

그때 교수는 자신감 있게 소리를 내라고 말했었고 사회에 진출하여 오페라 단원이 되면 그때도 그렇게 하라고 하였다.

"이번 졸업기념 오페라에 초대한 한 사람이 있습니다. 내 인생의 전부를 드리고 싶은 그런 분입니다."

대원들은 노을빛에 얼굴이 붉게 타고 있는 교수를 바라보며 각자 누군가를 생각하였다.

숨을 몰아쉬던 승희도 일부러 가쁜 숨을 죽이며 교수를 바라보았다. 진지한 모습이었다.

교수가 어떤 생각을 하는지 표정이 무겁게 변하자 연습실 분위기도 덩달아 무거워졌다. 단원들은 모두 교수의 이야기를 들으려고 귀를 세웠다.

승희는 가끔씩 숨을 몰아쉬고 교수의 진행될 이야기를 유추해 보며 여러 상상을 하였다.

'나에게도 인생의 전부까지 드리고 싶을 만큼 귀중한 사람이 있었을까?'

지금까지 살아온 과정들이 순간적으로 영화의 스크린처럼 펼쳐졌다.

'그래 있다면 나에게는 부모님뿐일 것인데……'

2

　단원들을 둘러보더니 자신의 이야기를 시작하였다. 진지한 모습이 연습실의 무거운 침묵과 어울리는 목소리였다. 이야기하는 석규의 얼굴은 점차 비장하기까지 했다.

　익산역 광장은 허술한 상옥이 일렬로 서 있었고 성글게 나무기둥이 빛바랜 주황색 함석지붕을 떠받치고 있었다. 지붕 아래에는 나무벤치가 길게 두 줄로 늘어서 있었다. 오월의 그날 아침 광장에 가는 비가 추적추적 내리고 있었다.
　바이올린을 손에 쥐고 있던 아버지는 나무벤치 위에서 깊은 잠이 들었는지 움직이지 않았다.

광장 가장자리에는 '늦까마귀 세월 가는 줄 모른다.'고 한 무리의 까마귀들이 비를 맞으며 모이를 주워 먹느라 펄쩍펄쩍 뛰어다니고 있었고 배부른 까마귀는 전깃줄에 모여 앉아 그 모습을 내려다보고 있었다.

까마귀들은 가끔씩 큰소리로 까악까악 울어 댔다. 그 소리에 눈을 뜬 것인지 아니면 추워서 눈을 뜬 것인지 모르지만 평소 늘 훈훈했던 아버지의 품이 아니었다. 5월의 아침이었지만 비까지 내려 온몸이 으스스 떨렸다.

자꾸만 싸늘해져 가는 아버지가 죽었다는 것은 꿈에도 몰랐다. 아니 죽음이라는 단어를 그때 나이로는 몰랐던 것이 맞았다.

아버지의 품안이 추워 아버지 곁에서 쭈그리고 앉아 오가는 사람들을 바라보며 오돌오돌 떨었다.

역전광장에는 어제 오후에 쏘아댔던 최루탄 냄새가 간간이 바람에 실려와 목을 간질거렸다.

최루탄 냄새 때문에 봄기운에 얼음이 녹아 흐르듯 코에서는 콧물이 저절로 흘러내려 가끔씩 손등으로 코를 닦았다.

어린 나이이기도 하고 절대 빈곤의 처지에 있었기 때문에 사회에서 어떤 일이 벌어지는지 생각할 수 없었다.

지금 생각해 보니 그때가 5.18 민주화운동이었다.

잠시 후 까마귀 떼 속으로 중무장한 군인들의 긴 행렬이 이어졌고 아래에서 깡총깡총 부자연스럽게 뛰어다니며 모이

를 줍던 까마귀들이 깜짝 놀라며 전깃줄로 날아올라가 일렬
로 절도 있게 걸어가는 군인들의 모습을 고개를 갸웃거리며
내려다보았다.

군인들은 어디로 떠나는지 마치 은밀하게 숲속으로 꼬리
를 감추던 뱀처럼 플랫폼 안으로 들어갔다.

오월이었지만 춥고 배고파 싸락눈 소리 같은 군홧발소리
를 들으며 주변을 두리번거렸다.

새벽에 떠나는 몇몇 사람들과 학생들이 광장의 긴 의자에
앉아 자기들끼리 이야기를 주고받으며 간간이 우리를 바라
보았다.

사람들의 눈길이 두려워 땟국 절은 아버지 손을 바라보며
아버지가 쥐어준 트럼펫을 한 손에 쥐고 아버지 옆에 바짝
다가앉았다.

을씨년스럽게 비바람이 불던 광장에 가는 찬비가 더욱 거
세게 내리기 시작하였다.

사람들은 비를 피하려고 더욱 가까이 상옥 안으로 찾아 들
었고 사람들이 무서워 아버지 옆으로 더욱 바짝 붙어 앉았
다.

아버지 옆에 붙어 앉으면 늘 따뜻한 온기가 있었지만 그땐
불을 때지 않은 방처럼 온기가 없었다.

눈물이 나왔지만 잠들기 전 아버지의 말을 떠올리며 이를
악물었다.

마지막 열차가 떠나고 아버지는 나무벤치 위에 누우며 손짓하였다. 다가가 아버지 옆에 앉자 새우처럼 몸을 구부린 아버지는 힘없이 희미하게 말했다.

"내일이 되면 분명히 누군가 너를 좋은 곳으로 데려다 줄 것이다. 울지 말고 그를 따라가야 한다. 이 악기들을 손에서 놓지 말고 즉석에서 연주해 보여. 여기서 늘 연주했던 대중가요는 하지 말고 그동안 꾸준히 연습해 온 '아, 목동아'를. 알았지."

힘이 없는 말이었지만 아버지는 대답을 들으려고 희미하게 졸린 눈을 뜨고 바라보았다. 고개를 끄덕였지만 그게 아버지의 임종이었다는 것을 그땐 까맣게 몰랐다.

깜박 졸고 있을 때 눈앞에서 불이 번쩍하며 지나갔다. 놀라 눈을 뜨니 앞엔 환승을 기다리던 외국 사람 둘이서 한 손에 카메라를 들고 우리를 바라보고 있었다.

승희는 교수의 이야기를 들으며 익산역의 옛 모습을 머릿속으로 그려보았다.

'그래 그땐 그랬을지 모르는 일이지 나라 전체가 힘들게 살았을 때이니. 지금은 현대식으로 건축돼 있으니 교수가 이야기하는 모습을 현재로는 알 길이 없지만.'

교수는 차분하고 슬픈 얼굴로 이야기를 이어나갔다. 승희는 교수의 말에 취하지 않으려고 여러 생각을 하며 이야기를 청취하였다.

   자기들끼리 모르는 언어로 이야기를 주고받던 한 사람이 아버지 손에 쥔 바이올린을 바라보며 연주해 보라는 듯 손짓을 하였다.

   망설이고 있을 때 외국인이 아버지 손에서 바이올린을 빼내려고 하였지만 꿈쩍도 하지 않았다.

   아버지가 잠들기 전 했던 말을 기억하며 바이올린에 손을 대자 아버지 손에 있던 바이올린이 자연스럽게 빠졌다.

   그렇게도 꼭 쥐고 있던 아버지 손이 마치 엉켜 있는 실타래가 풀리듯 스르르 풀렸다.

   그때 그 곡을 왜 선택했는지 모르겠지만 아버지께서 늘 말했던 것을 상기하며 연주를 시작했다.

   그때까지 사람들에게서 무엇을 구걸하기 위해 사람들의 구색에 맞는 대중가요를 연주하였지만 언젠가 이런 곡을 연주해야 한다 하면서 아버지께서 연습시켰던 곡 '아, 목동아' (Danny Boy)였다.

   6세 나이로 구걸을 목적으로 하지 않은 처음 곡이었다. 지금도 가끔씩 그 꿈 속 같은 인연을 생각하며 그 곡을 연주해 보곤 하지만 그땐 아무런 느낌도 없었고 생각이 없었다.

   사람들 앞에서 미친 듯 연주해 보였다. 배가 고팠지만 음악이 본능마저 마비시켰는지 아님 운명적 만남을 세상에 알리려는 것 때문이었는지 그 순간만큼은 아무것도 느껴지지 않았다.

5분 남짓한 연주를 끝내고 주위를 바라보자 어느새 사람들이 우리를 중심으로 동그랗게 몰려와 있었다.

늘 연주를 끝내면 던져줄 무엇인가를 생각해 최대한 불쌍해 보이려고 사람들을 바라보았지만 그때는 그렇게 하지 않았다.

마치 연주를 끝낸 음악가가 박수를 받고 청중을 바라보듯 사람들을 둘러보았다. 많은 사람들이 한편으론 불쌍하고 한편으론 신기한 눈으로 바라보고 있었다.

지금 생각해 보면 그 사람들은 아버지가 이미 세상을 떠난 것을 알고 있었던 것 같았다.

연주를 마친 음악가들이 청중들을 향해 정중하게 고개를 숙이듯 깊게 고개를 숙였다. 누구에게서 무대 매너를 배운 것도 아니고 본 것도 아니었다.

외국인 두 사람이 먼저 박수를 치자 모여 있는 사람들이 따라서 박수를 쳤다. 문득 아버지를 바라보았다. 갑자기 딱딱하던 아버지의 손이 가슴에서 내려와 힘없이 벤치 아래로 미끄러졌다.

시계를 바라보던 외국인은 동료와 알 수 없는 이야기를 나누었고 곧 경찰이 왔다. 경찰은 아버지가 죽은 지 이미 오래되었다고 말하며 가지고 온 종이에 열 손가락의 지문을 찍자 앰뷸런스가 다가왔다.

그때 보았던 아버지의 손가락이 지금도 눈에 선하다. 탄력을 잃은 허연 핏기 없는 손등, 검은 때가 묻은 손톱 밑, 땟국 절은 모습, 아무렇게나 흩어져 있는 하얀 머리칼까지. 경찰의 손길을 따라 자유롭게 움직이던 저항 없는 아버지의 손가락. 사람들은 그 모습을 바라보고 불쌍하다고 혀를 찼다.

그때 멀리서 바라보던 역무원인 한 사람은 역전광장에서 사람이 죽었다는 것을 알고 슬퍼하는 모습으로 외국인 손에 이끌려 대합실로 들어가는 모습을 물끄러미 바라보고 있었다.

그때 외국인을 따라가며 어떻게 해야 할지 몰랐다. 그 광경을 바라보고 외국인을 따라가며 뒤를 돌아보기만 하였다. 사람들이 바라보고 있어서였는지 너무나 큰 광경이어서 그랬는지 눈물도 흐르지 않았다.

대합실로 들어가며 외국인은 손짓 발짓을 하면서 말을 하였지만 알아들을 수 없는 말이라 그 외국인의 따뜻한 눈을 바라보고만 있었다.

그때였다. 연주를 지켜보았던 대학생으로 보이는 젊은 한 사람이 다가와 외국인과 어떤 말을 하더니 통역을 해 주었다. 외국인이 음악공부를 시켜준다는데 어떠냐는 것이었다.

아버지를 찾았으나 그 틈에 앰뷸런스는 경광등을 켜고 역전광장을 빠져나가고 있었다.

할 수 없이 고개를 끄덕였다.

그게 아버지와 영원히 헤어지게 되었다는 것을 성장하고

서야 알았다. 나이가 들면서 그때를 생각하면 기억 속에서 그때 그 모습이 서서히 클로즈업되었다가 안개처럼 사라졌다.

배가고파 눈물 한 방울도 흐르지 않았다. 아버지가 떠나간 곳으로 고개를 돌려 바라보았지만 아무것도 보이지 않고 뿌옇고 텅 빈 공간만 보였다.

그때 보았던 그 공간이 지금도 가끔씩 떠오르고 그때마다 아버지의 형상을 생각해보지만 선명하게 떠오르지 않았다.

대합실에서 외국인은 열차 시간을 바라보다 시간이 남아 있다는 것을 알았는지 빵과 우유를 사주었다.

매점을 지키던 키 작은 아주머니는 외국인 손에 이끌려 다니는 모습을 이상한 눈으로 바라보며 외국인에게 빵과 우유를 주었다.

빵을 허겁지겁 먹고 있을 때 외국인 두 사람이 알아들을 수 없는 말을 하고는 한 사람이 먼저 떠났다.

나중에 안 일이지만 그 사람들은 프랑스 어느 신문사 기자였다. 그때 헤어진 한 사람은 광주로 취재차 떠났고 다른 한 사람과 함께 서울로 갔다.

그 사람의 이름은 앙리였다. 앙리는 국가에서 운영하는 고아원에 입소시켜 주었고, 그 고아원에서 앙리의 후원으로 정식으로 음악공부를 시작하였다.

고아원의 따뜻한 잠자리와 이부자리, 그것이 아버지를 쉽게 잊을 수 있는 계기가 되었다.

어렵고 힘들 때면 그때 떠나간 텅 빈 아버지의 공간을 생각했다. 그 공간은 지금도 가끔씩 마음을 산란하게 하였다.

연습을 열심히 하다 보니 손가락에서 피가 종종 흘렀다. 왼손 다섯 손가락에는 늘 굳은살이 단단히 박혀 갔고 곧 그 굳은살이 터져 다시 피가 흘렀다. 현을 오랫동안 긁어대자 활털도 자주 끊어졌다.

그래도 바이올린이 좋았다. 바이올린만 들고 있으면 모든 것을 잊을 수 있었다. 손가락의 아픔보다도 켜는 대로 소리가 울리는 것이 좋았다.

트럼펫도 옥상에 올라가 간간이 연습했다. 폐부에 가득한 힘든 무엇을 뿜어내면 그것이 소리가 되어 밖으로 튀어 나왔다.

가끔씩 불어대는 트럼펫을 장난삼아 같이 있는 원생들이 불어보려 했지만 쉽게 소리가 나오지 않았다.

그들은 쉽게 소리를 내는 모습을 보고 하나같이 쉽게 소리를 내는 것에 대하여 신기해하였다.

아무리 힘들어도 아버지의 유언도 있고 하여 바이올린과 트럼펫은 손에서 내려놓지 않았다.

승희는 거짓말 같은 교수의 이야기를 들으며 교수의 마음 속에 있는 이야기들을 유추해 자기 마음대로 생각해 보곤 하다가 '기악과 성악은 다른 것이다.' 라고 이해하며 교수의 이

야기를 믿기로 하였다. 교수는 승희의 얼굴에서 믿기지 않는
다는 것을 알았는지 기침을 한번 크게 하고는 사실이라 말하
는 듯 좀 더 목소리를 크게 하였다.

그때 음악에 대하여는 잘 모르는 원장 수녀님은 가끔씩 연
주하는 모습을 흡족한 표정으로 감상하곤 하였지만 고아원
원생들은 그때 특별한 후원자가 있고 자기들과는 다른 차별
된 대우를 받고 있다는 것에 대한 시기와 질투가 있었다.

한번은 장롱 속에 보관하고 있던 악기를 개구쟁이 친구가
감추어 둔 일도 있었다. 그때까지 화낸 모습을 보지 못했지
만 그 일이 있은 후로 원장 수녀님은 처음으로 큰 화를 내셨
다. 악기를 감춘 아이는 원장 수녀님께 잘못을 빌며 용서를
빌었다.

그 후 친구들은 곧 나이에 어울리지 않게 대외적인 상을
받아오곤 하자 경이롭게 생각하며 축하해주곤 하였고 곧 시
기와 질투가 변하여 도움을 주고자 하였다.

초등학교는 어떻게 지나갔는지 모르게 빠르게 흘러갔다.
오르지 손에 든 것은 악기뿐이었고 악기와 함께 잠이 든 것
도 한두 번이 아니었다. 그때 꾸었던 꿈은 누군가 악기를 훔
쳐가는 꿈이었다. 식은땀을 흘리고 일어나 보면 악기는 늘
품에 안겨있었다.

손때가 묻고 악기의 모습이 변해갈 무렵 프랑스에서 새로
운 악기가 도착했다. 그 악기는 켜보는 순간 소리가 다르다

는 것을 느낄 만큼 좋았다.

좋은 악기의 다른 점을 알 수 없었지만 그 악기를 받고부터는 똑같이 생긴 악기지만 악기를 만든 사람에 따라 소리가 다르다는 것을 알 수 있게 되었다. 악기를 받고 곧바로 후원자의 도움으로 원장 수녀님의 보호 아래 주변에서 바이올린 레슨을 다시 받았다.

이번에는 음악을 하는 아이들이 부러워하는 선생님이었다. 고액의 과외였고 더더욱 그 선생님은 실기 테스트를 하여 가능성이 있다고 생각하는 아이들만 선별하여 가르쳤다.

그렇게 특별한 대우를 받고 자라면서도 후원해 주는 프랑스인의 고마움을 모르고 살았다. 아니 점점 모습이 머릿속에서 잊혀져가고 있었다.

고등학교에 진학할 무렵에는 국내에 있는 모든 콩쿠르에 도전하고 또 대부분 최우수상을 받았다.

그때는 삶 자체가 음악이었고 음악을 위해 태어난 사람처럼 음악에 최우선을 두고 살았다.

많은 음악인들은 촉망받을 음악가가 될 거라는 말을 아끼지 않았다. 특히 바이올린 곡으로는 연주하기가 어렵다는 파가나니 곡을 이 시기에 거의 모두 소화했다.

고등학교 진학이 목전에 있을 때 원장 수녀님이 원장실로 불렀다.

정례적으로 상담을 받아왔기 때문에 그것 중 하나라고 생각하며 원장실로 향했다.

원장 수녀님과 마주앉은 그때 심상치 않은 일이 생겼다는 것을 원장 수녀님의 얼굴을 보고 직감할 수 있었다.

늘 같이 수용되어 있던 아이들이 두려워했던 것은 어느 정도의 연령이 되면 고아원을 떠나야 된다는 규칙 때문이었다.

"석규 학생은 음악에 소질이 있고 열심이기 때문에 걱정은 되지 않아요."

원장 수녀님은 어렵게 말을 꺼냈다.

원장실은 천근보다 무거운 침묵이 흘렀다. 여러 가능성들이 머릿속을 어지럽혔다. 어떤 말을 해야 하나 망설이다 겨우 말했다.

"원장님. 저도 이제 이 고아원을 떠날 나이가 된 것입니까?"

그 말을 하면서 미래에 대한 불확실 때문에 목소리가 떨렸다.

"여긴 고등학교 진학까진 책임을 질 수 없어요. 학생도 보았죠. 선배들이 다 떠나는 것을……"

표정을 봐가며 어렵게 말했다.

"전 여기가 고향이고 여기가 집인데……"

난감하고 닥쳐올 미래가 캄캄했다.

"후원하는 후원자에게 편지를 했어요. 곧 도착하리라 믿고 있지만 만약 더 이상 소식이 없으면 할 수 없이 혼자 기거하게 될 집을 찾아야 합니다. 물론 저도 돕겠지만."

어렵게 말하던 때와는 다르게 그 말 만큼은 단호하게 선언
하는 것 같았다.

"전 아직 준비해야 할 것이 많습니다. 어디서부터 어떻게
해야 할 지 떠오르는 것이 하나도 없습니다. 또 준비한 것도
없고요."

한없이 주저하였다.

"석규 학생은 이미 전국 콩쿠르에서 여러 차례 수상한 전
력도 있고 여러 고등학교에서 보내온 초청장이 와 있어요.
그중에서 선택하여 들어가면 되고 그곳에서 공부를 계속하
면 되구요. 여기에 있는 많은 학생들은 석규보다 열악한 조
건에 있어요. 누구하나 거들떠보지도 않고…… 능력도 되지
않아요. 그들이 걱정이에요. 험한 이 세상을 어떻게 살아나
가야 될지."

원장 수녀님은 더 이상 말을 하지 못하고 눈시울을 적셨
다.

원장 수녀님의 슬픈 모습을 보자 저절로 눈물이 나왔다.

한동안 훌쩍이다 원장 수녀님을 바라보았다. 그때까지 슬
픈 얼굴로 내려다보던 수녀님의 모습에 울음마저 그치게 하
였다.

지금도 종종 원장 수녀님의 그 모습이 떠오르면 원장 수녀
님이 잠들어 있는 천주교 묘지에 찾아가 그때의 원장 수녀님

을 생각하다 돌아오곤 했다.

"원장님 결정에 따르겠습니다…… 그런데요 제가 어떻게 해야 할지 알려주셨으면 합니다. 저는 아무것도 모릅니다. 입학해야 할 학교도 모르고 어떻게 살아가야 하는지도 모르고……"

원장 수녀님은 눈물고인 눈으로 바라보았다.

"학생은 조금 기다려 봐요. 후원자님에게 석규 학생이 처한 상황을 편지로 전했으니 곧 연락이 올 것입니다."

온갖 가능성 있는 이야기들이 원장실의 벽을 장식한 책장 안의 책만큼이나 많았다.

원장 수녀님은 원장실을 나갈 때까지 의자에 그대로 앉아 슬픈 눈으로 바라보았다.

원장실 주변은 키 큰 사이프러스나무가 심어져 있었고 그 나무의 긴 그림자가 바람에 흔들리며 원장 수녀님의 슬픈 모습을 숨겨주었다.

방으로 들어와 바이올린과 트럼펫을 깨끗하게 닦았다. 어린 나이였지만 더 이상 음악을 하지 못하게 될 수도 있다는 생각에 울컥했다.

원생들은 그 모습을 보고 마치 자기 일처럼 걱정하는 얼굴들이었다.

그때서야 문득 광장에서 있었던 그때를 돌이켜 볼 수 있었다.

그 후 아버지는 어떻게 되었는지 묘지라도 찾을 수 있을 것인지를 생각하며 눈을 감았다.

검은 광장의 가장자리, 전깃줄에 매달려 있던 검은 리본 같은 까마귀들이 일제히 날아올랐다. 카오스적으로 떠들어대는 울음소리와 날갯짓 소리, 늘 사람들은 열차 시간의 짬에 우리를 동그랗게 둘러서서 아버지와 연주하고 있는 가난한 공연을 지켜보았다.

그때 그 공연은 까마귀 소리처럼 불협화음이었다. 그들의 슬픈 눈동자와 원장 수녀님의 눈동자가 눈물 때문에 겹쳐보였다.

정신없이 흘러간 세월만큼 불확실한 미래가 기다리고 있었다. 그때부터 옷장 속에 악기를 넣어두고 한 달이 넘게 꺼내보지도 않았다.

그 해 악기가 들어 있는 옷장 문을 바라보며 지낸 그때가 인생에서 가장 추운 겨울이었다.

누군가로부터 연락을 기다리는 그 겨울처럼 혹독한 추위는 없었다.

또래의 아이들이 허망한 눈으로 하나 둘씩 고아원을 떠났다. 특별한 대책도 없었다. 떠나는 만큼 땟국 절은 어린 아이들이 들어왔다. 떠나는 아이들 더러는 일과 병행할 수 있는 지역의 고등학교에 진학을 위해 떠났고 일부는 진학을 포기하고 일자리를 찾아 떠났다. 어린 나이였지만 할 수 없었다.

원장 수녀님은 후원자님의 소식을 기다려야 한다는 명목
으로 맨 나중까지 고아원에 있게 해주셨다.

'그래 교수님의 과거를 자리 잡고 있는 슬픈 이야기가 음
악가로서 명성을 날리게 된 계기가 되었다는 것인가? 그것
을 이야기하고 싶어서 이렇게 장황하게 이야기를 하고 있는
것일까?'

승희는 슬픈 이야기를 들으면서 여러 가지 생각을 하였다.

후원자님의 소식이 없자 원장 수녀님은 추천을 받은 서울
에 있는 학교로 진학을 서두르고 있을 무렵 원장 수녀님께서
찾았다.

늘 어머니처럼 생각하고 있는 원장 수녀님이라 얼굴만 보
아도 어떤 일인지 알 수 있었다.

"석규 학생, 드디어 후원자님으로부터 연락이 왔어요."

얼굴 가득 미소가 머물러 있었다.

"항공우편이네요."

편지의 내용이 궁금하였다. 그때까지 편지는 개봉되지 않
았으나 앞에서 편지를 개봉하여 읽었다.

"늦은 이유가 석규 학생의 학교 문제 때문이었다고 하네
요."

더듬거리며 읽던 원장 수녀님은 그때그때 내용을 말해 주
었다.

"학교요?"

학교라는 말이 총알처럼 귀에 박혔다.

"프랑스에 있는 왕립예술학교에서 입학을 받아준다는 승인이 떨어졌고 곧 실기시험이 있다고 합니다. 열심히 준비하여 그 시험에 꼭 합격해야 합니다. 여기 비행기표도 보내왔어요."

원장 수녀님은 티켓을 보여주며 환한 얼굴로 웃어 보였다.

"뭘 연습해야 되는 건지."

좋았지만 수많은 곡을 연습한다는 것이 막연하였다.

"학생은 지금껏 노력을 많이 했으니까 해본 것으로 준비를 하면 아마 합격할 것이에요. 레슨 선생님과 상의해보는 것도 필요하구요. 그분도 음악으로 유학을 하신 분이니까요."

원장실을 나오면서 꿈인지 생시인지 분간이 서질 않아 허벅다리를 꼬집어보고서야 사실임을 알 수 있었다.

레슨 선생님을 찾아뵈었다.

레슨 선생님은 쉽게 말했다. 유럽의 학교들은 바이올린의 터치 기술을 보고 입학을 결정하는 것이고 바이올린 기술 전부를 보여드리는 곡으로 자유롭게 선정하여 스스로 켜보도록 한다는 것이다.

레슨 선생님은 여러 곡을 선정해주면서 파가니니 곡 중에서 하나를 선보이라고 조언해주었다.

그때부터 레슨 선생님이 선정해준 곡을 손가락에 피가 나도록 연습했다.

프랑스로 가는 비행기 안에서도 손가락을 움직였다.

프랑스 파리공항에 도착했을 때 후원자가 부탁하여 보낸 한 사람의 도움으로 왕립예술학교에 도착하여 실기시험에 응시하였다.

왕립예술학교에서 시험을 치른 곡은 자유곡이었다. 레슨 선생님 말대로 다양한 터치를 선보일 파가니니의 카프리스 24번을 선택하여 연주하였다.

시험관은 냉정하기로 유명한 분들이었다. 또한 감정을 겉으로 나타내지 않아야 한다는 시험관의 태도가 있는데 카프리스 24번을 연주하자 그들도 사람인지라 넋을 잃고 석규를 바라보았다.

아마 시험관들도 동양의 왜소하게 생긴 소년이 신들린 듯 연주하는 모습이 신기했을 것이다.

연주가 끝나자 다섯 명의 시험관들은 모두 박수를 쳐주었다. 그리고 다른 한 곡을 더 연주하라고 주문하였다. 보통 한 곡으로 결정하는데 특별히 부탁한 거였다.

석규는 그들에게 고맙다고 깊게 절을 하고 다시 카프리스 5번을 연주하였다. 활이 현에서 튀어 다녔다. 24번보다 더욱 고난도의 기술을 요하는 곡이었다. 악마의 바이올린이스트라고 명명이 되어 있는 파가니니가 살아 돌아온 기분으로 현을 긁었다.

거의 무아지경에서 연주를 하였다. 국내에서도 그 곡으로 최우수상을 여러 번 받았기 때문에 쉽게 연주할 수 있었다.

연주를 마치자 시험관들은 본연의 임무를 망각하고 연주를 끝낸 음악가에게 환호를 보내듯 일어서서 박수를 보냈다.

합격하자마자 한국으로 다시 들어올 것도 없이 그곳에서 머물다가 왕립예술학교에 입학하였다. 프랑스에 있는 후원자가 모든 일을 뒤에서 처리해주고 있었기 때문에 가능한 일이었다.

왕립예술학교 입학 당시에 동양인으로는 단 한 사람뿐이었다. 또래의 친구들은 동양에서 온 왜소하게 생긴 사람을 처음 본다는 듯 이상한 눈으로 바라보았지만 바이올린 실력이 있어서인지 차츰 친숙해져 갔고 1년쯤 지나자 그들도 동료라고 인식을 하게 되었다.

학교에 익숙해져 가고 프랑스라는 곳에 익숙해질 무렵 근처에 있는 호텔 주방에서 일을 하였다.

학교가 끝나고 호텔로 출근하여 켜켜이 쌓여 있는 접시를 부지런히 닦으면 다섯 시간이 훌쩍 흘렀다.

현실이라는 고독에서 벗어나기 시작하고 세상을 다시 돌아보는 계기가 된 것은 왕립예술학교에서 3년을 보낸 어느 여름날이었다.

그녀는 아름다웠다. 피부색이 같고 검은 머리에 같은 언어를 구사하는 사람이 곁에 있다는 것만으로도 곧 친해졌다.

그녀는 흑마의 말총같이 긴 머리였고 동양인 답지 않게 얼

굴은 희였다. 종목은 첼로를 하고 있었다. 그녀는 늘 자기 키
보다 큰 첼로를 멜빵을 하여 메고 다녔다.

왕립예술학교 학생들이 보기에는 동양의 키 작은 소녀의
모습이 우스꽝스럽기도 하고 귀엽기까지 했을 것이다.

이름은 김선우였다. 서로 이역만리에 고향을 두고 있고 아
는 사람이 없어 외로웠기 때문에 쉽게 가까워졌다. 선우는
입학을 하면서부터 한국의 학생이 있는지 알아보았다고 했
다.

선우는 연습을 죽기 살기로 기를 쓰며 하는 나와는 달랐
다. 악기를 다루는 모습이 자연스러웠고 연주를 즐기며 하였
다.

처음에, 첼로는 악기도 크고 중저음이며 리드 악기가 아니
라 여유롭게 연주할 수 있지만 바이올린은 그렇지 않다는 것
으로 생각을 합리화하고 있을 무렵 선우가 연습실에 찾아와
웃으며 말했다.

"선배가 연습을 하는 것을 보면 막일하는 사람 같아요."

선우는 그 말을 하고 겸연쩍은 듯 미소를 보냈다.

하지만 선우의 말이 맞았다.

그동안 한 번도 악기를 다루는데 있어서 여유를 갖지 못했
다. 선우가 켜는 중저음의 첼로 소리를 들으며 어쩌면 저렇
게 휴식처럼 여유롭게 연주를 하는 것일까? 하는 생각을 많
이 하였다.

차츰 선우의 미소에서 휴식 같은 것을 느낄 즈음이었다. 그땐 그것이 사랑이 시작되고 있다는 사실은 전혀 알지 못했다. 단 한 번도 이성을 생각해보지 못하였기 때문이기도 하였다.

선우를 만나면서 새로운 세상이 열리는 것 같았다. 그때부터 딱딱하게 기계적으로 음을 맞추는 바이올린 연주도 선우처럼 연주하려고 노력하였고 그 결과 선생님으로부터 연주솜씨가 점점 좋아진다는 말을 듣곤 하였다. 다 선우 덕이었다.

그때부터 피나는 연습보다도 새롭게 등장하는 연주기법 등이 주요 음악공부였고 종종 선우와 만나 같이 휴식 같은 음악을 연주하였다.

기본 바탕이 있어서인지 실력이 급속도로 발전하였다. 그것은 짜여진 순서대로 연습하고 연주하는 것보다는 하고 싶을 때 집중하여 하고 남는 시간은 음악 소리로 가득한 교정을 선우와 함께 거닐거나 플라타너스나무 아래에 있는 벤치에 앉아 불확실한 미래에 대한 이야기를 주로 한 덕이었다.

선우는 좋은 집안에서 태어나 손쉽게 공부를 하였다고 했다. 가끔 선생님의 이해할 수 없는 이야기가 그때서야 귀에 들어온 때이기도 했다.

선생님은 음악을 연주하면서도 음율 속에 보이지 않는 휴식 같은 여백이 필요하다는 것이었다. 그래야 청중들이 음악을 즐길 수 있는 것이라 말했다.

특히 직접 연주를 하고 나면 선생님들은 연주 후 평에서 그 말을 많이 내놓았다.

음악학교에서 배운 연주기법에 나름대로 생각한 연주와 응용하여 연주하였다. 종종 선우와 만나 음악 외적인 대화도 나누게 되었고 이역만리에서 고독을 함께 나눌 만큼 친해졌다.

선우와는 사회생활이 달랐다. 선우는 열심히 음악에 대한 공부를 하고 학우들과 만나고 서로 생각을 공유하며 그들과 어울리면서 생활했지만 그럴 여유가 없었다.

정해져 있는 휴식시간에 호텔 식당에 나가 접시를 닦았다. 무를 썰어놓은 것 같은 하얀 접시가 늘 수도 없이 하늘을 닿을 듯 앞에 쌓여 있었다.

시간의 짬을 낸다는 것이 어려웠다. 음악공부를 하고 쉬는 시간이 되면 선우와 이야기를 하고 수업이 끝나면 곧 호텔로 출근하였다. 그렇게 바쁜 와중에도 쉬는 날에는 선우와 함께 프랑스 남부지역을 여행하였다.

선우와 음악에 대하여 이야기하고 여행을 하는 시간이 가장 좋았다. 그때 음악에 관한 이야기는 물론 불확실한 미래의 일까지도 서로 논의하였다.

그 시절 가끔씩 후원자님을 생각하기도 하였지만 찾아볼 생각은 하지 않았다. 후원자님을 꼭 한 번 찾아봐야겠다고 생각한 것은 왕립예술학교의 졸업을 앞둔 시기였다.

 프랑스에 친구가 있어 파리에 있는 신문사를 다 찾아보았
으나 앙리라는 이름의 신문기자는 찾을 수 없었다.

3

왕립예술학교를 졸업할 무렵 선우 부모님이 학교에 찾아
왔다. 그때 선우의 소개로 그들과 만났다.

선우의 아버지는 키가 컸다. 머리는 곱슬머리였고 머리가
벗겨져 정수리까지 머리가 없었다. 늘 조심스럽게 말하고 주
위에서 말하는 것을 주로 듣기만 하고 꼭 할 말만 하였다.

그러나 선우 어머니는 달랐다. 늘 말이 많고 선우 아버지
가 천천히 말을 하면 그 말 사이에 끼어들어 말을 마치게 하
였다. 그녀는 키가 작았고 통통하였다. 머리 스타일은 나이
와는 어울리지 않게 선우처럼 긴 머리를 하고 있었다.

선우는 부모에게 같이 학교에 다니는 좋은 선배라고 말했

지만 선우 부모는 그렇게 보지 않았다. 대화 중 고아원에서 어린 시절을 보냈다고 하자 얼굴색이 변했다.

선우의 말대로 부모는 한국에서 사업을 하는 사람이었고 겉모습을 보아서도 꽤 부자인 것 같았다.

선우의 아버지는 선우와 친하게 지내지 않았으면 하는 눈치였고 선우 어머니는 더 노골적으로 말했다.

"우리 선우는 아직 어리고 철이 없어 남자를 모르는 아이일세. 서로 남녀관계의 감정은 갖지 않았으면 좋겠네. 만일 그런 생각이 생긴다면 말해주게. 선우를 국내로 데리고 들어갈 수밖에 없으니 부탁하네."

선우 어머니의 이기적인 말을 듣고 아무 말을 할 수 없었다. 선우 편에서 생각해 보면 그럴 만도 하다 싶다가도 서러웠다.

선우의 부모님이 한국으로 떠나고 선우가 미안한 마음으로 운동장 가장자리에 있는 플라타너스 그늘로 불렀다.

운동장 가장자리에 넓은 땅을 차지하고 있는 플라타너스는 백 년쯤 되어 보이는 나무였고 줄기가 어른 몇 아름이나 되는 학교의 상징과 같은 나무였다. 나무의 줄기는 마치 몸을 뒤틀고 하늘로 올라가는 형상이고 아래 줄기는 둘레가 어른 서너 명이 붙잡아야 될 만큼 큰 나무여서 오래된 나무라는 것을 쉽게 알 수 있었다.

그 아래에서 첼로를 연주해 주었다. 슬픈 멜로디의 곡이었다. 선우의 섬세한 손끝에서 나오는 음악이 마음속에 울림으로 울리는 곡이었다.

그 일이 있기 전이에도 종종 그곳에서 같이 연주를 하곤 했지만 그날에 들려준 선우의 연주는 슬펐다.

선우도 부모님의 말을 잘 알고 있었고 석규도 선우 어머니께서 말을 한 내용도 잘 알고 있었기 때문에 들려준 연주였다. 그 곡은 쟈크린의 눈물이란 첼로 곡이었다.

선우가 연주를 마치자 석규는 레오나르도 다빈치의 검정 방울새 이야기를 해주며 자기보다 선우를 위로하였다.

선우 부모님이 떠나고 부모님들의 생각을 알고 난 후 마음의 병을 앓았다. 그때부터 방에 틀어 박혀 악기에는 손을 대지 않고 존재에 대하여 생각하다가 작곡을 하였다. 곡명은 '두 개의 침대가 보이는 방'이었다.

"그래 종종 교수님이 혼자 연주를 하곤 하던 음악이 두 개의 침실이 보이는 방이라는 곡이란 말인가? 두 개의 방이라는 의미가 무엇일까?"

승희는 교수가 종종 연주를 하던 음악을 떠올려보았다.

1개월 가까이 방에 틀어박혀 살았다. 선우는 종종 찾아와 문을 두드렸지만 방안에 있으면서도 없는 척 문을 열어주지 않았다.

그렇게 방황을 하고 지내고 있을 때 한국으로부터 전화가 왔다. 프랑스에서 공부하는 내내 한 번도 통화를 하지 않았던 어머니와 같은 원장 수녀님이었다.

"석규 학생인가?"

그냥 인사로 전화한 것이 아니라는 것을 원장 수녀님의 목소리를 듣고 알 수 있었다.

"네."

순간 여러 생각들이 머릿속을 스쳐 지나갔다.

"열심히 공부하고 있지?"

공부에 소홀히 하고 있다는 것을 다 알고 있는 듯 그렇게 말했다.

"네."

선우와의 일이 있은 후 악기에 손을 놓고 있다는 것을 아는 것 같아 그 말뿐 할 말이 없었다.

원장 수녀님은 항상 그렇게 말했다. 상대방이 스스로 말한 의도를 알 수 있도록 말을 하고 그 말을 이해하기를 기다렸다.

전화도 하지 못했고 방황하고 있을 때 전화가 와 현재 처해 있는 상황을 훤히 내다보고 말하는 것 같아 얼굴이 화끈거렸다.

"열심히 공부하고 있습니다. 전화도 못해드려 죄송합니다."

그렇게 변명을 하며 원장 수녀님을 안심시켰다.

"열심히 공부하여주게 주위에 많은 사람들이 지켜보고 있

으니. 어려운 일이 있거든 한국에는 내가 있고 그곳에는 후
원자님이 지켜보고 있다 생각하게."

원장 수녀님은 그렇게 말하고 전화를 끊었다.

전화를 끊고 한동안 생각했다. 프랑스로 들어오게 된 동기
나 그동안 있었던 호사스런 생활이 사치였다는 생각으로 바
뀌자 주위에 있던 사람들에게 미안함이 들었다.

'내게 사랑이라는 것은 사치니까 이제부터는 운명같이 찾
아온 음악으로 삶을 다시 불태워야 하는 것이야.'

그렇게 다짐하며 다시 공부에 전념을 하였다. 그것이 후원
자에게 보답하는 길이고 원장 수녀님과 고아원 친구들에게
보답하는 길이라 생각했다.

그렇게 다짐한 후로 모든 걸 잊어야 한다는 생각에 시간을
늘려 일을 하였다. 그때부터 한가한 시간은 단 한 시간도 없
었다.

선우와 만나는 시간을 억지로 억제하였고 그만큼 학업에
만 충실했다. 학우들은 일벌레라고 말하기도 하고 지독하다
말하기도 하였다. 그때 활털이 닳아져 이틀에 한 번 꼴로 바
꿨다.

선우는 얼마 지나지 않아 미안하다는 쪽지를 기숙사 문틈
으로 밀어 넣고 프랑스를 떠났다.

쪽지를 보고 플라타너스나무 그늘로 가 몇 번이고 읽어보
고 생각했지만 결과는 그럴 수밖에 없는 처지였다.

　선우의 편지에는 비장한 각오로 한국으로 돌아간다고 되어 있었고 문제가 해결되지 않으면 돌아오지 않겠다는 내용도 있었다. 그때 문득 남프랑스 프로방스 아를에서 말했던 음악을 못할지 모른다는 선우의 말이 떠올랐다.

　선우도 언젠가는 이런 처지를 이해해주리라 생각하고 그동안 자신의 행동에 대한 합리화를 하였다.

　학교생활은 지루한 일상이었다. 음악도 기계적으로 소리를 내는 수준으로 떨어지고 있었다. 그렇게 소리 내기에 열중하자 음악에 혼이 없는 소리는 누구나 낼 수 있는 거라고 교수가 책망하곤 하였다.

　선우가 했던 말을 생각해 보았다.

　"선배는 음악을 막일을 하는 사람처럼 하시네요."

　여백이 없는 일 같은 음악을 하고 있다는 것을 알면서도 마음에 평화가 없으니 그렇게 되지 않았다.

　마음에 평정심을 찾는 것이 어려웠다. 선우마저 학교에서 떠나고 누구와 이야기할 사람도 없었다. 선우가 학교를 떠난 것이 자기 때문이라는 자책감도 들었지만 곧 잃어버렸다.

　선우를 잊게 된 계기도 시간이 없게 일을 하고 음악에만 매진하였기 때문일 것이었다.

　아무 생각 없이 음악공부만 하고 일만하였기 때문에 정서 같은 것은 생각할 여유가 없었지만 졸업 무렵이 되자 동양인이라는 사고를 하게 되었다.

어렵고 고독하게 왕립예술학교를 졸업하고 프랑스 필하모니 오케스트라에서 일을 하였다. 처음부터 정식 단원은 아니었고 견습생으로 그들의 연습실에서 같이 연습을 하고 숙식하며 단원들과 호흡부터 맞추어 나갔다. 모든 것을 프랑스 필하모니 오케스트라에서 다 해결해 주었다.

해외로 공연을 나갈 때에도 필하모니 오케스트라는 전용 비행기로 다녔고 그들을 따라다녔다.

견습생으로 따라다닌 지 1년 만에 프랑스 필하모니 오케스트라의 정식 단원이 되어 활동하였다. 이때부터 협연을 주로 하였지만 이따금씩 지휘자는 바이올린 독주도 하게 했다.

프랑스 필하모니 오케스트라 단원으로 활동하던 중 왕립예술학교 교수님들의 주선으로 바이올린 독주회를 열었다.

독주회에서는 파가니니의 카프리스 1번에서 24번까지를 연주하였다. 관객들이 전 객석을 메웠다. 대성황이었다. 그때서야 프랑스에서 바이올리니스트로 이름을 알리게 된 계기가 되었다. 프랑스에서는 무덤에서 다시 살아 돌아온 파가니니라고 격찬해 주었다.

시간이 빠르게 지나갔다. 뉴욕에서 연주를 마치고 프랑스로 돌아오는 비행기 안에서 많은 프랑스 사람들을 보고 문득 후원자를 생각하였다.

어렴풋이 얼굴은 기억하고 있었지만 선명하게 떠오르지는 않았다. 6세에 얼굴을 보고 단 한 번도 만나보지 못했기 때

문에 더욱 그리웠다. 또 프랑스에는 우리나라에서 순이라는
이름이 많듯 앙리라는 이름이 많았다.

프랑스 사람이고 프랑스 어디엔가 꼭 살아있을 거라는 확
신이 있었다. 또 어디에선가 열심히 공부하는 모습도 다 지
켜보고 있을 거라는 생각도 들었다.

외국 연주를 끝내고 프랑스에 도착하여 신문사를 모두 찾
아다니며 80년 한국의 광주를 취재한 앙리라는 기자를 찾았
지만 그런 사람은 어디에도 없었다.

원장 수녀님에게 전화를 하여 후원자의 주소를 알려 달라
고 했지만 비밀로 해 달라는 부탁이 있어 알려줄 수 없다고
말했고 지금은 어느 곳에 있는지라도 알고 싶다고 하였으나
그마저 거절당했다.

그 후 얼마 지나지 않아 원장 수녀님께서 돌아가셨다는 소
식을 후임 수녀님으로부터 들었고 지역의 천주교 묘지에 안
장하였다는 소식을 들었다.

소식을 듣고 한국으로 돌아가 문상이라도 하고 싶었으나
연주회가 며칠 남지 않아 찾아갈 수도 없었다.

그 후로도 여러 번 후원자를 알고 싶어 수소문하였지만 알
길이 없어 포기하고 정신없이 음악의 시간을 보내던 중 한국
의 대학에서 음악과 교수 제안을 받았다.

망설임 끝에 한국행 비행기를 탔다. 이십 년만의 귀국이었
다. 비행기 안에서 그동안 자신의 행적을 차분하게 뒤돌아볼

수 있었다.

한국으로 돌아와 대학교수에 취임하고 강의 계획을 준비
하던 중 시간을 내어 아버지와 헤어졌던 익산역을 찾았다.
역전광장은 기억 속에 있는 것과는 너무도 달랐다.

기차의 매연에 그을린 그런 역사는 간 곳이 없었고 늘 구
걸을 위해 연주를 하던 광장의 상옥들과 긴 나무벤치도 모두
사라져 없었다.

상옥이 있던 광장 한가운데에는 보석의 상징을 올려놓은
조형탑이 서 있었고 그 주위에 화강석으로 만들어진 돌의자
가 원을 중심으로 둘러있었다.

익산역은 최신식 건축물이 들어앉아 있었다. 마치 독수리
형상으로 날개를 펴고 먹이를 보고 달려드는 형상이었다. 유
리로 만든 크고 각진 눈이 광장을 내려다보고 있었다. 광장
아래에는 터널이 크게 뚫려 철길 아래로 차량들이 지나다녔
다.

돌의자에 쪼그리고 앉아 광장을 바라보고 있는 독수리 눈
을 바라보다가 아버지와 헤어졌던 그때를 돌이켜 보았다.

아무것도 남아 있지 않았지만 상옥 안의 나무벤치가 그대
로 있는 것처럼 영화의 스크린이 펼쳐지듯 보여졌다.

오가는 바쁜 사람들의 모습이 마치 그때 가난한 연주를 보
려고 모여드는 사람처럼 느껴졌다.

'그때 그 사람들은 우리를 어떻게 보았을까? 음악을 사랑

하는 집시로 아님 구걸하는 한 사람으로?'

여러 생각들이 떠올랐다 사라졌다.

'프랑스에서도 지금까지 거리의 악사들이 있잖은가? 지난 과거를 자책하지 말아야지.'

그때를 잊으려고 반복하여 되뇌었다.

운명처럼 만났던 후원자인 외국인의 모습과 아버지를 싣고 멀어져 가는 앰뷸런스를 떠올리며 열차 시간이 다 되어 대합실로 들어갔다.

막 플랫폼으로 빠져나가려 할 때 눈에 익숙한 그림 한 점이 눈에 띄었다. 대합실 정중앙에 걸려 있는 큰 그림이었다.

그 그림에는 남루한 복장의 6세쯤 보이는 어린아이가 바이올린을 켜고 있었다. 바이올린 앞에는 삼각형의 금빛형상의 음악들이 몇 가닥의 직선으로 연결되어 바이올린의 f홀에서 빠져나와 광야로 흘러나가고 있었고 다시 광야를 지나 세계에 울리고 있는 듯 보였다.

소년의 얼굴은 윤곽만 있었지 추상적인 모습이었다. 음악이 빠져나가는 모습도 추상적으로 그려진 그림이었다.

그림을 보고 마치 현실에서 경험했던 것 같은 느낌이 들어 그 자리에서 움직일 수가 없었다.

그림 속으로 빨려 들어가는 느낌이라 그 자리에 서서 그림을 바라만 보았다.

'어떻게 저런 그림을 그릴 수가 있단 말인가?'

저절로 혼잣말이 나왔다.

사람들은 그림에 넋을 잃고 서 있는 말쑥하게 차려입은 중
년의 한 사람을 바라보며 이상하다는 듯 고개를 갸웃하고 지
나갔다.

구상도 아니고 비구상도 아닌 그림이었다. 어떻게 보면 구
상 같기도 하다가도 자세히 보면 비구상이었다.

구상과 비구상에 상관없이 그림 속으로 빨려 드는 느낌이
있어 그림만 바라보고 있었다.

그림은 선으로 그려져 있지만 실선 속에 희미한 오선이 곡
선으로 그려져 있고 그 위에 음악들이 날아다니는 형상이었
다.

그해 오월이 자꾸만 흑백 영상처럼 떠오르며 웅성거리는
사람들의 중앙에 자신이 서 있는 모습이 현실로 보이는 것
같았다.

전깃줄 위에는 날아오를 듯 앉아 있는 새까만 까마귀들의
모습이 곧 어떤 사건이 벌어질 것 같은 순간이었다. 어떻게
저런 표현을 한 장의 캔버스 안에 담을 수 있을까 생각하고
있었다.

차츰 저 그림의 주인공이 자기라 느껴지자 머리가 어지럽
고 눈에는 눈물이 핑 돌았다. 급기야는 그 자리에서서 눈물
을 주체할 수 없어 울었다.

대합실을 관리하던 사람이 다가왔다.

　중년의 신사가 그림을 보고 울고 있으니 관심을 보일만 한
상황이었다.

　"불편한 곳이 있습니까?"

　역무원이 다가와 이상한 듯 살폈다.

　"저 그림을 보니 옛날 생각이 떠오릅니다."

　겨우 그 말을 하고 다시 그림을 쳐다보았다. 머릿속으로만
희미하게 그려져 있던 현실들이 눈앞에 펼쳐져 있는 것 같았
다.

　역무원은 이상하다는 듯 위아래로 훑어보았다.

　열차가 들어오고 있으니 3번 출구로 나가 대기하라는 소리
가 들렸지만 그 그림에 온 정신이 팔려 안내방송은 오월 어
느 날 아침에 울어대던 까마귀 소리처럼 들렸다.

　'저 소년이 켜는 바이올린 소리가 무엇인가?'

　그때 바이올린으로 연주를 했던 곡이 절로 나왔다.

　"아, 목동들의 노랫소리……"

　대합실에 몰려 있던 사람들이 갑자기 노랫소리가 들려오
자 일제히 바라보았다.

　그림을 자세하게 관찰하였다. 소년이 켜는 바이올린 소리
가 지친 사람들에게는 힘을 불어 넣어주고 있었고 절망에 지
친 사람들에게 희망을 던져주고 있었다. 곧 그 노래는 온 누
리로 퍼져 나가고 있었다.

　'왜 저 그림이 여기에 걸려 있는 것일까?'

그림 아래에는 작가의 사인이 있었고 그 아래에는 조그맣게 작품의 설명서가 붙어있었다.

광주 비엔날레에서 최우수작품상 수상작이고 작품명은 어떤 소년의 장송곡이라 적혀있었다.

'어떤 소년의 장송곡……'

갑자기 견딜 수 없는 의구심이 생겼다.

누군가 자기를 그렸다 생각이 들자 도저히 안 되겠다 싶어 매표창구의 직원에게 그림에 대하여 아는 사람이 있는지 알아보았다.

아무도 없었다. 매표구 가장자리에 있는 중년의 부인이 잠시 생각하다 말했다.

"저희는 이 그림이 유명한 그림이고 잘 그려진 그림이라는 것밖에 모릅니다. 사실 그림을 잘 모르니까요. 저 그림에 대하여 자세하게 알고 싶으면 2층 역장실로 찾아가 보시지요. 이곳에서 오래 근무하신 분이라 그림에 대하여 잘 알 것 입니다."

중년 부인은 친절하게 알려주었다.

친절한 중년 부인의 가슴에는 윤인경이라는 명찰이 마치 오래된 훈장처럼 매달려 있었다.

그 말을 듣고 무작정 역장실로 갔다.

역장실은 긴 복도 끝에 있었다. 긴 복도의 벽에는 지역 여행지의 사진들이 마치 자신의 얼굴을 알리듯 붙어 있어 고장을 홍보하고 있다는 것을 쉽게 알 수 있었다.

역장실 앞에 서서 문을 두드렸다. 만나기도 전에 가슴부터
뛰었다.

역장실의 문이 열렸다.

"역장님을 뵐 수 있는지요."

사무원으로 보이는 정장 차림의 여직원을 간절하게 바라
보았다.

"어떻게 찾아오셨는지요."

정중하게 말을 하고 바라보았다.

"여쭤볼 것이 있어서 찾아왔습니다."

꼭 만나 봐야 한다고 부탁하듯 바라보았다.

"이리로 오시지요."

정중하게 안으로 안내하였다.

"이분이 역장님을 찾아오셨습니다."

역장은 나이가 60대로 보였고 흰머리가 돋보이는 노인이
었다.

"저를 찾아오셨습니까?"

역장은 안경을 코에 걸치고 있다가 눈을 치켜뜨고 바라보
았다.

"저는 대학에 있는 교수입니다."

석규는 짤막하게 자신을 소개하였다.

"아, 그래요."

그때서야 역장은 일어나 곁에 있는 소파로 안내하였다.

"역장님께 여쭈어 볼게 있습니다."

느슨하고 여유롭게 보이는 역장에게 조급하여 두서없이 말했다.

"무엇입니까."

역장은 갑작스럽게 방문한 일면식도 없는 사람을 보고 영문을 모르겠다는 듯 얼굴을 빤히 바라보고 있었다.

"미안합니다. 불쑥 찾아뵈어서."

석규는 그때서야 고개를 숙이고 정중하게 표현을 하였다.

"어떤 일입니까?"

역장은 정중하게 말하는 석규를 바라보며 인자한 미소를 보냈다.

"초면에 미안했습니다. 조급해서 그만"

그렇게 말했지만 용건을 빨리 말하고 싶었다.

"괜찮습니다."

역장은 여전히 여유가 있었다.

"대합실 정면에 걸려 있는 그림에 대하여 아시는 게 있습니까? 창구에 있는 윤인경이라는 분이 찾아뵈면 알 것이라 했습니다."

역장실을 찾게 된 동기를 소상하게 알려주었다.

"아, 그랬군요. 작품이 맘에 드셔서 그러십니까?"

역장은 웃으며 천천히 바라보았다.

"그게 아니고 내력에 대하여 알고 싶어서지요."

가슴이 떨려 숨이 찼다.

"조금은 압니다만."

대화가 길어질수록 곱게 늙어서인지 인자해 보이는 역장
이었다.

"그림에 대하여 조금이라도 알려 주시면 감사하겠습니다."

얼굴을 빤히 바라보던 역장이 간절함을 느꼈는지 말했다.

"아마 2010년이었죠. 광주에서 비엔날레가 끝나고 최우수
작품상을 받은 작품이라며 기증한다는 사람이 있었어요."

역장은 광주에서 해마다 열리고 있는 비엔날레에 대하여
말하고 있었다. 비엔날레는 80년 광주민주화운동을 기념하
고자 만들어진 행사였다.

"그분은 익산역이 이 그림의 무대라면서 이 그림은 여기에
걸려 있어야 한다고 말했어요. 그림에 대하여는 통 알지 못
하여 지역에 있는 미술작가에게 그 말을 하니 값으로 치면
살 수 없는 엄청난 가격이었어요. 그분은 굳이 장소를 지정
하면서 이곳에 그 그림을 걸라는 기증조건이었습니다. 그래
서 그렇게 하기로 하고 받은 겁니다. 프랑스인이었고 이름이
앙리였습니다. 지금도 가끔씩 대합실에 내려가면 그 그림을
꼭 봅니다."

역장은 그렇게 말하고 잠시 그림을 떠올려 보는지 눈을 감
았다.

"알 수 없는 매력에 눈길을 잡아끄는 그림이죠. 익산역이 배경이라고는 하나 구상으로 그려진 그림도 아니고 하여 저로서는 알 수 없습니다. 하지만 보면 볼수록 내 눈을 잡아두곤 합니다. 그림에서 익산역의 배경이 느껴지던가요."

역장의 말에 손이 떨렸다.

"왜 그러시죠."

표정을 본 역장이 놀라며 똑바로 바라보았다.

"아무것도 아닙니다. 익산역이 배경이라는 것에 대하여 저도 그렇게 생각했습니다."

속내를 숨겼다.

"제가 아는 것은 이것이 전부입니다. 그분은 대합실 한가운데에 작품이 걸리자 한동안 바라보며 생각에 잠겨 있다가 프랑스로 간다며 떠났습니다."

"그분의 주소라도 압니까?"

"주소는 모르고 그 사람이 주고 간 약력이 적혀 있는 화보는 있습니다."

역장은 석규의 진지한 표정을 바라보더니 일어서 책장 앞으로 가 책장을 뒤적였다. 뭔가 그동안 생각한 후원자의 단서가 나올 것만 같았다.

역장이 책장을 뒤적이는 짧은 시간이었지만 빨리 보고 싶어 조바심이 났다.

"여기 있군요."

역장은 여러 장의 그림이 있는 화보를 들고 앞에 앉았다.
그것은 작가의 자세한 약력이 들어 있는 화보였다.

"이게 그분을 알고 있는 전부입니다. 그림을 걸고 혹시나
싶어 받아놓은 것입니다."

그곳에는 작가의 얼굴도 사진으로 나와 있었고 경력에 대
하여 빼곡히 적혀 있었다.

사진을 보자 저절로 눈물이 흘렸다. 이를 악물고 슬픔을
참아보려 했지만 그렇게 되지 않았다.

처음에는 눈물을 흘렸지만 나중에는 역장이 보는 앞에서
엉엉 울어버렸다.

그 모습을 바라보던 역장은 어떤 사연이 있는지 몰라 어쩔
줄 몰라 하며 석규의 모습만 바라보았다.

"어떤 영문이지 몰라도 참으십시오."

역장은 그 말을 하고 바라보기만 하였다.

"네. 미안합니다."

한동안 울다가 냉정을 되찾자 그 말을 하고 눈물을 훔쳤
다.

역장은 자기 주머니에서 손수건을 꺼내 주었다.

"아닙니다. 이제 괜찮습니다."

겨우 그 말을 하고 다시 역장이 건네준 약력을 바라보았
다.

"이 그림에 대하여 아는 것이 있는 겁니까?"

역장은 애써 울음을 참고 있는 모습을 바라보기만 하였다.

"네 제가 찾고 있었던 그분의 그림입니다."

냉정함을 되찾고 역장을 바라보았다.

"그래요. 그렇다고 그렇게……"

역장은 석규의 모습을 보고 다음 말을 잊지 못했다.

"저의 아버지와 같으신 분입니다."

겨우 그 말을 했다.

"그래요. 저 그림 속에 그런 일도 있었습니다."

역장이 놀라운지 눈을 크게 떴다.

"네. 사연이 많습니다."

"저도 이 역에 근무한 지가 벌써 삼십 년이 넘습니다. 예전 일 같으면 저도 어느 정도는 압니다."

역장은 비밀스럽게 간직하고 있는 옛이야기를 듣고 싶어 했다.

"예, 제가 그 삼십여 년 전에 역전광장에서 아버지와 함께 구걸을 위하여 연주했던 꼬마연주자였습니다. 여기 그림의 주인공이죠."

"아, 그 꼬마연주자. 아버지와 함께 연주를 하던……"

역장은 바로 기억을 떠올렸다.

"네. 제가 그 꼬마였지요."

"아. 이제 생각나는군요. 아버지는 그 상옥에서 돌아가시고 꼬마는 서울 어디 고아원으로 보내졌다는 이야기를 들었습니다. 늘 우리 역 상옥 나무벤치에서 사시던……가끔씩 그 꼬마가 어떻게 되었는지 생각하곤 했습니다. 그때 무엇이라도 해서 도와 드렸어야 했는데 하면서 늘 가슴 한구석에 남아 자책하곤 했습니다. 또 아버지의 죽음이 내 책임이라는 생각 때문에 지금까지 부채로 생각하고 있었죠."

역장은 기억이 새록새록 떠오르는지 한동안 생각에 잠겼다.

"이렇게 커서 이제야 돌아왔습니다."

눈물을 흘리며 겨우 그 말을 했다.

"세월이 많이 지났군요. 벌써 삼십여 년이 되었으니까요."

역장은 생각에 잠겨 그때를 생각하다가 말했다.

"네. 그렇게 되었습니다."

"정말 반갑습니다. 이렇게 이런 모습으로 뵙게 되다니."

역장은 다시 한 번 손을 내밀었다. 악수를 하니 역장의 손이 거칠었지만 너무 따뜻했다.

"저는 이곳이 좋아 떠났다가도 다시 오곤 하였습니다. 제 이름은 윤대열이라고 합니다."

"아. 그렇군요. 정말 반갑습니다."

"이 역도 많이 변했습니다. 역사도 다 바뀌었고 광장도 저렇게 바뀌어 옛것이라고는 하나도 남아 있지 않습니다."

역장은 그때를 생각하는지 한동안 창 너머를 바라보았다.

"이 화보를 복사라도 해주시면 안 될까요?"

화보를 바라보며 부탁하였다.

"그렇게 하세요."

역장은 석규의 이야기를 다 듣고 선 듯 화보를 주었다.

그렇게도 찾고 싶었던 후원자였다.

처음 만났을 때보다는 늙어 있었지만 얼굴 윤곽은 생각하고 있던 그대로였다.

기자였던 그 프랑스인은 화가가 되어 있었다. 프랑스에서 후원자를 찾는다고 기자를 거의 모두 찾아다녔지만 알 수 없었던 것도 신분이 바뀌었기 때문이라고 생각하며 역장실을 나왔다.

학교로 돌아와 프랑스에 있는 친구에게 연락하여 후원자를 찾았다. 꽤 이름이 알려져 있는 화가라 쉽게 찾을 수 있었다.

교수는 장황하게 그동안의 이야기를 마치고 길게 한숨을 몰아쉬었다.

'교수님의 소설 같은 이야기가 정말 세상에 있는 일일까?'

승희는 교수의 말을 처음부터 더듬어 보았다.

교수는 모든 이야기를 끝마쳤다는 듯 단원들을 훑어보며 말했다.

"그 후원자를 이번 연주회에 초청하였습니다. 그 후원자님이 이곳에 꼭 오시겠다고 하였습니다."

그 이야기를 마지막으로 후원자를 생각하는지 창밖을 바

라보았다.

교수의 모습은 처음에는 슬픈 모습이었지만 시간이 갈수록 비장하기까지 하였다.

승희는 그 모습을 바라보며 프랑스 여행에서 보았던 유학하던 한 화가의 모습을 생각하였다.

그 화가의 작업실은 10평 정도 돼 보였고 그곳에는 그의 궤적처럼 가장자리에 작품이 켜켜이 쌓여 있었다.

한국에서는 꽤 이름 있는 작가였지만 먼지투성이의 화실과 담배꽁초들이 이리저리 흩어져 있었다. 먼지투성이의 화실은 청소를 한 지 오래 되었음을 말해 주고 있었다.

그 화가는 세워져 있는 작품 더미에서 한 작품을 꺼내들고 말했었다.

"한국에 들어가면 이런 그림은 쓸모가 없을 거야. 한국의 미술계에서 이렇게 그리는 사람도 없을 것이고 이게 내가 그리는 그림이라고 전시라도 한다면 수많은 평론가들은 자기들의 생각과 다른 작품을 이단아적인 작품이라고 말하며 악평을 내놓을 것이고……"

그때 마침 노을이 지고 있었다.

노을에 드리워져 화가의 얼굴이 붉었다.

깡마른 얼굴에 초라한 옷을 입고 있었지만 그의 눈빛은 먹이를 보고 달려드는 독수리의 눈처럼 반짝였다.

그때 그 화가를 보고 근시안적으로 생각한 적이 있었다.

예술을 하는 사람들은 자신을 저렇게 학대해 가면서 자기 작품을 만들어 가는 것일까 하는 것이었다.

그때 보았던 화가의 모습이 각인되어 예술의 길은 저렇게 험한 것인가 하고 생각하곤 하였다.

'교수도 그 화가와 같이 자신을 학대하며 음악을 하였단 말인가?'

여러 생각 때문에 혼란스러울 때 교수가 말했다.

"제가 지금까지 이야기 한 것은 지금의 내가 아닙니다. 그 시대의 나지요. 여러분들도 그럴 것입니다. 지금 여러분들과 미래의 여러분들이 다르듯 말입니다. 앞으로 여러분들은 생각지도 못한 인연을 만날 것이고 그 인연으로 인하여 삶의 방향이 달라질 수도 있다는 것입니다. 지금 그런 인연으로 음악을 하고 있는 분도 있을 것이지만."

혼란스러웠지만 교수의 말대로 어떤 인연에 의해 인생의 방향도 다르게 될 거라는 막연한 생각을 하고 있었다.

교수는 말뜻을 이해하지 못하고 있는 승희를 한차례 바라보더니 선우의 이야기를 시작하였다.

'교수는 어떤 이유로 음악을 하게 되었을까? 단지 유년기의 인연 때문이었을까? 아니면 또 다른 어떤 계기가 있었을까? 대체 음악이란 무엇인가? 이렇게 음악을 하면서도 음악을 모르겠으니……'

승희는 그 생각을 하며 의문에 찬 눈동자로 교수를 바라보왔다.

　교수는 승희의 생각을 알기라도 하듯 말하였다.

　캠퍼스 플라타너스나무 아래에서 선우는 음악을 하게 된 동기를 말하며 주인공은 친오빠이고 이분 때문에 음악을 다시 시작하였다고 한 편의 소설같이 길게 말했었다.

　긴 소설 같은 이야기를 다 들었을 때는 이미 해가 져 어두워진 후였다. 그때 선우가 한 소설 같은 이야기 속에 빠져들어가 시간 가는 줄 몰랐다.

　석규는 선우의 이야기를 다 듣고 얼굴이 화끈거렸다. 그것은 자기만 힘든 역경을 딛고 살아왔다 생각하고 산 것에 대한 부끄러움 때문이었다.

　선우가 자기 집 이야기를 시작하였다.

4

정호는 이삿짐을 내려놓고 그 위에 앉아 턱밑까지 차오른 숨을 고르며 자기가 올라온 곳을 내려다보았다.

올라올 때는 느끼지 못했는데 올라와서 내려다보니 마치 절벽과도 같은 가파른 길이었다.

얼마 동안 그렇게 앉아있으니 동생이 키보다 큰 첼로를 메고 낑낑대며 올라오는 것이 보였다. 항상 그랬던 것처럼 첼로를 몸에 달고 산 동생이었다.

정호는 다시 커다란 이불 보자기를 짊어지고 우측으로 난 골목길로 향했다. 골목길이 좁아 가끔씩 이불짐이 콘크리트 벽에 긁혔다.

좁은 골목길은 마치 산을 오를 때 보았던 오솔길과 같았다. 다른 것은 좁은 길이었지만 모두 콘크리트로 포장이 되었다는 것이고 나무보다는 조밀하게 낮은 슬레이트 지붕으로 되어있다는 것이다.

몇 번을 그렇게 오르락내리락 하는 동안 세 시간이 다 되었고 그때서야 이사가 끝이 났다.

이사를 한 집은 산꼭대기가 한눈에 들어오는 집이었다. 사람들은 그게 싫었지만 정호에게는 그것이 좋았다. 그곳까지 채권자들이 올라오지 않을 것이라는 막연한 생각에서였다.

크고 많은 짐들을 가지고 올라올 방법이 없어 쓸 만한 것들도 다 버리고 이사를 하였기 때문에 그나마 이사를 끝낼 수 있었다.

그곳에 있는 집들은 하나같이 지붕을 슬레이트로 이어놓아 위에서 보면 석화 껍질이 땅에 납작 달라붙어 있는 것 같았다. 하나같이 바람을 피하려고 나지막하게 지어진 집들이었다. 정호가 이사 온 집도 다른 집들과 다를 게 없었다.

지붕은 낡아 오래된 석화처럼 슬레이트 가장자리가 검게 변해있었다. 처마는 낮아 키 작은 사람도 좁은 길이어서 손을 들면 잡혔다.

어두컴컴한 방안에서 이삿짐을 정리를 하고 있는 어머니와 동생을 바라보다 집을 나왔다.

골목길을 빠져나와 정상으로 곧게 뻗어 있는 길을 따라 올라갔다. 정상에 다다르자 뒤쪽으로도 내려가는 길이 있었고, 그 길도 이삿짐을 가지고 올라왔던 길과 흡사했다.

산동네 위에서 바라보니 모양도 내지 않고 아무렇게나 쌓아 만든 회갈색의 콘크리트 담이 집집마다 작은 자기의 영토를 표시하고 있었다. 그 경계는 마치 유년시절 친구들과 땅따먹기를 하며 그려놓은 선 같기도 했다.

콘크리트 담에 기대 앉아 수많은 사람들의 작은 영토를 바라보았다. 아기자기 하고 산만한 듯 엉클어져 보이는 영토였지만 자세히 바라보면 그곳에도 질서 같은 것이 있어 보였다.

다시 일어나 올라왔던 길을 내려다보았다. 맨 아래쪽에 육교가 보였고, 육교를 건너면 전혀 다른 풍경이 펼쳐졌다.

그곳은 깨끗하게 정돈된 사각기둥 같은 건물들이 서로 얼굴을 디밀고 도로를 내려다보는 형상이었다.

차도 올라갈 수 없는 달동네. 보증금 이백만 원에 월세 십만 원. 그것도 어머니가 집주인에게 사정하여 보증금은 몇 달 후에 준다고 약속하고 얻은 집이었다.

정호는 이곳까지 올라와 행패를 부리는 사람은 없을 거라 생각하니 한결 마음이 가벼웠다.

악몽 같은 지난 몇 개월을 떠올려보았다. 아버지는 매일 자기를 비관하며 술에 절어 살았고, 어머니는 아버지가 풀지 못한 인건비나 자잿값을 수습하느라 동분서주하였다.

숨을 죽이며 컴퓨터 앞에 앉아 불안한 현실을 잊기 위해 게임에 몰두했다. 하지만 아버지의 채권자들이 가끔씩 찾아 와 사나운 개처럼 고래고래 고함을 질러대는 소리는 참을 수 없었고, 그들이 찾아오면 밖으로 뛰쳐나가 정처 없이 도심을 배회하고 다녔다.

그러던 어느 날 집안으로 낯선 사람들이 찾아와 집안에 있 는 값이 나감직한 집기에 압류한다는 붉은색 딱지를 붙였다. 그 딱지들은 불만 켜면 붉은 눈을 뜨고 바라보았다. 어떤 땐 충혈된 눈을 뜨고 사냥감을 노려보는 이리떼와 같기도 했다.

마음에 위로의 도구로 삼던 고물 컴퓨터에도 붉은 눈은 예 외 없이 붙어 컴퓨터 앞에 앉으면 똑바로 이글거리는 눈으로 바라보았다. 그때부터 컴퓨터는 다른 사람의 소유라 생각되 어 바라보기도 싫었다.

얼마 후 붉은 딱지가 붙어 있는 집기들이 낯선 사람들의 손에 넘어가고 남은 것은 이불 몇 점과 밥그릇 그리고 헌 장 롱 몇 점과 숟가락들뿐이었다.

그렇게 되자 아무것도 없다는 것을 알았는지 찾아와 기웃 대는 사람들이 없었다.

사람들에게 모든 것을 내어준다는 것이 그렇게 마음이 편 한 것인지 그때까지는 몰랐다. 이미 집은 다른 사람의 수중 으로 넘어간 상태였기 때문에 이사를 하면 그만이었다.

사태 수습하러 동분서주하던 어머니의 판단은 빨랐다. 한

시라도 빨리 집을 비워주고 새롭게 시작하자는 것이었다.

아버지는 큰 기업은 아니었지만 종업원이 삼십 명이나 되는 봉제공장을 운영해왔기 때문에 기업이 잘될 때에는 아버지를 보면 종업원들은 정중하게 사장님이라 말했고, 어머니에겐 깍듯이 사모님이라고 불렀다.

그러던 사람들이 변하기 시작한 것은 회사의 여건이 어려워진 후였다. 몇 달 임금이 연체되자 사람들의 얼굴이 무섭게 변하기 시작하더니 아버지가 출근하기를 기다려 조리돌림을 했다.

아버지의 공장은 남북교류가 활발히 진행되던 2000년 초부터 자금 압박이 시작되었다.

그 어렵다던 IMF도 잘 넘긴 상태였기 때문에 안타까움이 더했다. 매스컴에서는 금방 통일될 듯 떠들어 대던 99년, 신뢰할 수 있는 사람이 찾아와 나라의 갑부들이 북쪽으로 백만 벌이나 되는 내의를 설날 선물로 보낸다고 하며, 그 십분의 일인 십만 벌을 하청주었다.

그 사람은 하청을 주며 납기를 꼭 맞춰야 한다며 당부하였고, 아버진 사람을 더 뽑아 주야로 일을 하여 겨우 납기를 맞췄는데 설날이 지나도록 주문했던 사람들이 옷을 찾아가지 않았다.

그 일로 창고 내엔 온통 내의 박스로 채워졌고, 심지어 공장까지 내의 박스로 가득 채워졌다.

그 내의는 모두 붉은색으로 스타일이 워낙 구식이었기 때문에 시중에 내다 팔수도 없었다.

하루하루가 갈수록 아버지의 입술은 타들어갔고, 급기야 그동안 모았던 모든 것을 다 날리고 만 것이었다.

달동네로 이사 온 정호는 여동생인 선우와 함께 아버지와 어머니가 가세를 일으켰던 봉제 일을 하기 위해 보조원으로 취업하였다.

선우는 막내여서 집안에서 공주처럼 자랐다. 첼로를 하고 있어 늘 첼로를 레슨 선생님 집까지 가져다주곤 하였지만 채권자들은 그것도 용납하지 않고 압류를 하였다.

정호가 눈물을 흘리며 사정을 하여 겨우 채권자의 손에서 넘겨받은 첼로를 다시 선우 손에 쥐어주고는 우린 희망까지 잃어서는 안 된다고 말했다.

아버지가 공장에서 일하던 모습을 자주 보아왔기 때문에 일은 전혀 낯설지 않았다.

그렇게 달동네와 공장을 오가던 어느 날이었다. 막 골목길에 들어서자 진녹색 철문 앞 햇살이 잘 받는 계단에 앉아 기타를 치고 있는 또래의 청년과 눈이 마주쳤다.

청년의 얼굴은 밝지 않았다. 햇빛을 보지 않고 살고 있는지 얼굴은 하얀 우윳빛을 하고 있었고, 더벅머리에 몸집은 깡말라 바람이 불면 흔들릴 것 같았다. 진녹색 철대문은 언제 페인트를 칠하였는지 군데군데 붉은 녹물이 흘러내려와 있었다.

청년의 모습은 언젠가 TV에서 보았던 머리 긴 히피족이 연상되었다. 청년의 모습과 철대문이 어울린다는 생각을 하고 있을 때 기타를 치던 청년은 정호를 바라보다 아는 사람처럼 한차례 해맑게 미소를 보내고는 다시 기타줄을 튕겼다.

어떤 노래인지 한 번도 들어 본 적이 없는 노래였지만 음률이 있었다. 그는 바로 옆에서 바라보고 있어도 개의치 않고 보란 듯 광적으로 기타줄을 튕기며 알 수 없는 노래를 불렀다.

집으로 돌아와 어두컴컴한 방으로 들어가 누워 있어도 라디오 소리처럼 조그맣게 기타 소리가 들렸다.

주위 사람들이 거의 모두 일을 하러 떠나고 없는 텅 빈 마을이라 누구하나 간섭하는 사람도 없었다.

교대시간이 주간일 경우에는 꼭 그 사람을 만날 수 있었다. 그 사람과 서로 통성명은 하지 않았지만 시간이 갈수록 낯이 익어갔고, 그를 지나칠 때마다 서로 미소를 주고받았다.

그렇게 둘만이 있는 텅 빈 산동네 안에서 한 식구처럼 되어가던 어느 날이었다. 그날도 야간작업을 마치고 오전 열 시쯤 골목으로 들어섰다.

육교를 지나 달동네로 오르면 오를수록 더욱 크고 선명하게 들리던 기타 소리가 골목 입구에 들어서도 들리지 않았다.

빠른 걸음으로 그가 늘 앉아 있던 곳으로 갔다. 검정 바지에 연회색 티를 입은 그는 기타를 옆에 놓고 무릎 사이에 얼굴을 묻고 있었다.

가까이 다가가 청년을 바라보았다. 청년의 장발이 어깨를 가리고 있었지만 어깨가 가볍게 들썩이는 것이 보였다. 작은 떨림 같은 것이었다.

몇 번 어떤 일이 있었는지 묻고 싶어 망설였지만 결국은 그 자리를 조심스럽게 비켜 주었다.

집으로 들어가 방안에 누워 있어도 잠이 오지 않았다. 기타 소리를 들으며 피곤한 몸을 눕히면 곧 잠 속으로 빠져들어가곤 했던 지난날들과는 달랐다.

뒤척거리다 밖으로 나와 산동네 정상 쪽으로 발걸음을 옮겼다. 정상에 있는 집 담장에 기대앉아 수많은 사람들의 안식처를 바라보았다.

산동네는 마치 전쟁에서 상처가 나면 치유받고 다시 전선으로 떠나가는 야전병원 같았다. 그곳은 사람들의 왕래가 전혀 없어 고요했다.

담배를 꺼내 피워 물고 생각해 보았다. 아래에서 살 때는 서울에 이런 곳이 있었는지조차 몰랐었다.

이곳으로 올라온 후부터 가족들은 아래로 내려가야 한다는 일념 하나로 똘똘 뭉쳐 일했고, 정호 자신도 거기에는 이

견이 없었다. 담배연기를 내품으며 이곳으로 올라와 살고 있
는 자신의 현실을 생각해 보았다.

하루 생활은 시간에 맞춰 동대문에 있는 공장까지 걷는 것
이고 그 거리가 40분이 소요되는 거리였지만 생각하며 걷는
그 시간이 가장 신선한 시간이었다.

자신을 돌아볼 수 있는 시간이고, 하루하루를 반성해보는
시간도 되었다. 공장에 도착하면 일이 밀려 있어 어떤 생각
도 할 수 없었다.

기계적으로 움직이는 것을 요구하는 공장의 책임자들, 시
각적으로는 하얀 가운을 입은 봉제 기술자들이 마치 간호사
들처럼 보였고, 신성해 보이기까지 했지만 실제는 인조인간
처럼 일사불란했다.

미세한 분진 때문에 그곳에서 일하는 오십여 명은 말을 하
지 않았다. 멀리서 아버지와 어머니 그리고 어린 동생까지
서로 떨어져 그들의 일원이 되어 표정 없이 일을 했다.

하루에 열 시간의 중노동이 끝나면 집으로 돌아와 어두컴
컴한 방안에서 죽은 듯 쓰러져 잠이 들었다.

열 시간의 맞교대. 공장의 재봉틀이 쉬는 시간은 하루 두
시간이다. 그 두 시간도 한 달이면 한 주간 정도이고 특근을
하여야 했다.

한동안 들리지 않았던 기타 소리가 들렸다. 자리에서 일어
나 다시 골목길로 들어갔다.

　오늘의 기타 소리는 어제의 소리와 달랐다. 울부짖는 목소리 속에 틀어박힌 기타 음. 그 앞을 지나며 그를 바라보았다.

　청년은 조금 전에 눈물을 흘렸는지 눈가엔 이슬이 맺혀 있었다.

　다가가도 아는 체하지 않고 노래에만 열중했다. 부르고 있는 곡이 어떤 곡인지 묻고 싶었지만 진지한 그 모습을 보는 순간 말을 꺼낼 엄두도 내지 못했다.

　그와 조금 떨어져 기타줄을 튕기는 연약하고 하얀 그의 손과 프로 가수처럼 가끔씩 긴 머리를 치켜 올리는 모습을 바라보다 집으로 돌아왔다.

　아버지와 어머니는 기타 소리 때문에 주간 근무를 고집했다. 여동생인 선우는 그 와중에도 짬이 나면 친구들을 만난다며 밖으로 돌았다.

　어두컴컴한 방안에 누워 기타 소리를 들었다. 간간히 들려오는 그의 목소리는 너무도 처절한 목소리였다. 내일은 말이라도 붙여봐야겠다고 생각하며 잠이 들었다.

　부스럭거리는 소리에 잠이 깨 밖으로 나갔다. 바로 옆집에서 이삿짐이 나가고 있었다. 육십대로 보이는 사람이 담 너머로 힐끗힐끗 바라보았다.

　그 사람의 모습이 마치 야전병원에서 새로운 힘을 얻어 전선으로 뛰어드는 노병과도 같았다.

　산 아래에 집을 구해 내려가는지 천년의 지옥에서 빠져나온 사람처럼 주름진 얼굴에 미소가 흠뻑 담겨 있었다.

사람들은 달동네는 인심이 좋고 이웃의 희로애락을 같이 공유할 수 있는 곳이라고 하지만 현실은 그렇지 않았다.

하루하루가 힘든 생활들이고, 옆집 사람조차 만날 시간도 없어 이웃에 누가 살고 있는지 모르는 경우가 많았다.

넉살이 있는 사람은 말을 붙여보기도 하지만 대개의 사람들은 그럴만한 여유가 없었다.

얼마나 시간이 흘렀을까. 달그락거리는 소리가 멎었다. 담 너머를 내다보았다. 사람이 살고 있지 않다고 생각해서인지 벌써부터 을씨년스럽게 느껴졌다.

다시 방으로 들어와 눈을 감았다. 간헐적으로 기타 소리가 들렸다. 기타 소리와 육십대 이웃의 모습이 자꾸만 불협화음으로 느껴지면서 눈엣가시처럼 다가왔다.

늘 이웃의 모습은 희망을 안고 달려가는 그런 모습보다도 이를 악물고 아래로 내려가야 한다고 절치부심하고 있는 모습이었다.

잠이 오지 않아 밖으로 나가 정상으로 올라갔다. 텅 빈 산마을의 정상은 어떻게 보면 너무나도 고독한 분위기였고, 어떻게 보면 사람들이 살고 있지 않는 유령의 마을처럼 을씨년스럽게 보일 때도 있었다.

막 담장 끝 각진 호박돌 위에 앉으려 할 때 앞쪽에 인기척이 있었다. 방금 전 이사를 했던 이웃이었다.

그 이웃은 정상으로 오르는 끝 계단에 앉아 앞산 등성이까
지 꽉 들어찬 달동네를 바라보며 담배를 피우다 돌아보았다.
축하한다고 눈인사를 하고 담에 기대앉았다.

"젊은이 이리로 앉게."

이웃이 계단을 비켜 앉으며 말했다.

어색한 느낌으로 이웃으로 다가갔다.

"자네는 어디서 이사 왔는지 모르지만 벌써 일 년이 넘었
지?"

이사 들어올 때를 알고 있었다.

"벌써 그렇게 됐나요."

생각해보니 이웃이 말한 대로 일 년을 넘긴 후였다. 세월
은 정말 빨랐다.

"어디로 가십니까?"

축하한다는 뜻으로 말했다.

"일산으로…… 이곳에 들어온 지 벌써 십일 년째네. 아파
트를 사놓은 지 육년 째고."

그렇게 말한 이웃은 눈을 감고 생각에 잠겨 있었다. 고생
하며 역경을 극복한 그가 그간의 역사를 생각하는 것 같았
다.

그의 이마에는 그동안의 세월을 말하는 듯 깊게 패인 주름
이 마치 산비탈의 밭이랑 같았다.

"왜 그렇게 늦었습니까?"

이웃에게 말을 걸어 언제쯤 내려가게 될까 생각하였다.

"늦다니?"

이웃은 내려가야 한다는 일념으로 살았다는 것을 금세 알 것 같았다.

"내려가는 일이 말입니다."

그는 한동안 산등성에 있는 앞마을을 바라보았다.

"쉽게 안 되는 일이야. 이곳으로 올라올 때는 일 년만 눈 딱 감고 쓸 것 안 쓰고 일하자 했는데, 그게 그렇게 되나. 줄 줄이 달린 자식들 학교 보내야지. 먹고살아야지……"

자기의 이력을 말했다.

"그래도 십일 년씩이나."

더 말을 걸어 힌트라도 얻어야 한다 생각했다.

"자네도 얼마 지나지 않아 내 말뜻을 알게 될 거야. 올라올 때는 굳은 마음을 가지고 올라왔지만 내려가기가 얼마나 어려운지."

그렇게 말한 이웃은 이곳의 생활을 잊어버리려는지 담배 연기를 한숨처럼 길게 내뿜었다.

가을바람이 을씨년스럽게 불며 흙먼지를 일으켰다.

멀리서 기타 소리가 광적으로 들리기 시작하였다. 왠지 불안한 소리였다.

"저놈 또 지랄이구만……"

이웃은 투덜거리며 기타 소리가 들리는 쪽으로 머리를 돌려 바라보았다.

"어떤 일을 하고 계십니까?"

"……예전엔 철물점을 경영했는데 사기를 당했지. 그것도 몽땅…… 일어서지 못할 만큼. 그때까지 모아둔 전 재산을 처분하여 빚 갚고 나니 겨우 이곳으로 올라올 것만 남더군. 그때부터 아파트 경비 일을 했지. 십일 년이나……"

이웃은 자신의 과거를 회고하며 말했다.

"이곳에 계셨군요."

낯선 사람이 다가와 이웃에게 말했다.

"기다리다 따분하기도 해서 이리로 나왔어요."

이웃이 잘 알고 있는 사람이었다.

"계약서하고 보증금……"

낯선 사람은 안주머니에서 서류와 돈뭉치를 꺼내 이웃에게 건네주었다.

"누가 이사 옵니까?"

이웃은 그 말을 하고 돈을 세었다.

"저도 잘은 모르겠지만 노부부입니다. 아마 자식들한테 재산을 전부 빼앗겼다지요."

이웃은 돈을 다 세고는 맞다 말을 하고 자기가 가지고 있는 계약서를 건네주었다.

"여기서 서로 찢어 버립시다."

그렇게 말하는 것을 보니 집의 주인이었다.

집주인이 아무렇지 않게 계약서를 잘게 찢어 바람에 날렸다. 그것을 지켜보고 있던 이웃은 멋쩍은 미소를 보내며 그 사람과 똑같이 찢어 허공에 내던졌다.

이웃의 표정은 어떤 힘든 굴레를 벗어난 사람처럼 홀가분한 모습이었다. 종잇조각이 마치 꽃잎처럼 산동네 아래를 향해 날아갔다.

"지난 추석에 도배는 해놓았으니 들어오는 사람은 짐만 들어오면 될 거요."

혼잣말을 한 이웃이 내려가려다 고개를 돌려 바라보았다.

"잘 있게."

이웃은 한차례 알 수 없는 미소를 남기고 총총 밑으로 내려갔다.

내려가는 이웃의 가벼운 발걸음을 바라보았다.

이웃이 아래에 당도하기도 전에 이삿짐을 짊어진 한 사람이 올라오고 있었다. 아래로 내려가던 이웃은 그 자리에 서서 올라가는 사람을 한참 동안 물끄러미 바라보다 내려갔다. 마치 시시포스가 또 다른 시시포스에게 임무를 교대하듯이.

집으로 돌아와 어두컴컴한 방안에 누워 얼마 지나지 않아 알거라는 이웃의 말을 되새겨 보며 잠이 들었다.

눈을 뜬 것은 오후의 햇빛이 누워 긴 그림자를 그려내고 있을 때였다. 밖으로 나가 담 너머로 이웃을 바라보았다.

이삿짐을 나르다 지쳤는지 이삿짐 위에 노부부가 말없이

나란히 앉아 있었다. 칠십은 넘어 보이는 노부부였다.

노부부를 보고 어쩌면 아래로 내려갈 기회가 없을 거라는 불길한 예감이 들었다.

옆집으로 이사 온 노부부는 한동안 좀처럼 밖으로 나오지 않았다. 항상 툇마루 앞에는 가지런히 신발 두 켤레가 놓여 있었고 인기척도 없었다.

어느 날이었다. 우연히 집으로 돌아오다 기타를 치고 있는 그 앞에서 옆집 노인이 지팡이를 들먹이며 노기 띤 눈빛으로 말하고 있었다.

"젊은 사람이 일은 하지 않고 여기서 매일 시끄럽게 해."

앞에서 기타를 튕겨대던 그는 노인의 말에 개의치 않고 평소 자기가 하던 일을 계속하였다.

"사람은 일을 해야 하네. 그래야 이 동네를 벗어날 수 있는 것이지. 자네는 생각이 없는가?"

얼마 동안 노인은 그에게 훈계 반 위협 반을 하다 반응이 없자 지쳤는지 '쯔쯔쯔, 못된 자식 같으니라고' 그렇게 혼잣말을 하고는 집 쪽으로 사라졌다.

그때서야 그는 기타를 내려놓고 물끄러미 바라보았다. 일 년이 넘는 동안 이름이 무언지도 모르는 사이였지만 눈빛만 봐도 속마음을 알 것 같았다.

그는 말을 하려다 다시 기타를 들었다. 기타를 자세히 바라보았다. 얼마나 오랫동안 사용했는지 군데군데 기타 통에

무늬가 벗겨져 있었다.

그는 정호가 보는 앞에서 한 줄씩 튕기며 음을 조절하였다. 숙련된 손짓이었다.

그 모습을 바라보다 그 기타엔 줄이 다섯 개뿐인 것을 발견했다. 여섯 개의 줄 중 맨 밑에 자리 잡은 1번 줄이 없었다. 줄이 한 개 없는 것을 아는지 모르는지 청년은 다시 기타 줄을 튕겼다.

집으로 돌아와 언제부턴가 소리가 이상해진 것이 줄 때문이었다는 것을 알았다. 내일은 청년에게 어떤 말이든 해봐야겠다. 생각하고 눈을 감았다.

밤이 되어 밖으로 나왔다. 가을이 깊어질수록 날씨가 쌀쌀하여 한기가 온몸에 느껴졌다.

출근하기 전 산 정상으로 올라가 담배 한 개비를 태우며 밖으로 펼쳐진 모습을 감상하였다.

노란색과 푸른빛이 감도는 하얀색 그리고 주황색의 불들이 아롱댔다.

어제 공장에서 만난 아버지가 신학기엔 등록하라고 한 말이 떠올랐다. 이곳으로 올라올 때 비장했던 아버지의 표정과는 다른 표정이었다. 문득 학교에서의 일들을 기억했다.

그때 캠퍼스에선 이슈가 온통 통일이었다. 진보주의자들은 보수주의자와 수구세력은 민족의 통일을 가로막는 것들이라고 단도직입적인 표현을 썼다.

　퇴근길이라 사람들이 한두 사람씩 올라와 여러 갈래의 골목길로 거미가 거미줄을 타듯 자기들의 보금자리로 찾아들어갔다.

　아래로 내려가며 사람들의 표정을 살폈다. 하나같이 지친 표정들의 사람들이었고 하루가 피곤한 듯 그들은 말이 없었다.

　한동안 청년은 1번 줄을 끼우지 않고 계속하여 기타를 치는지 음정이 좋지 않았다.

　가끔씩 옆집에 사는 노인은 그에게 시끄러워 잠을 자지 못하겠다며 소리를 지르다 어느 날부터는 그 앞에서 사정조로 말했다. 하지만 끝내 그는 노인의 말을 듣지 않았다. 한겨울이 되어 추운 날에도 기타 소리는 들렸다.

　등교일이 얼마 되지 않은 어느 날 음악사에 들러 기타줄을 한 벌 사고 가장 잘 끊어진다는 1번 줄은 한 개 더 사 비닐봉지에 넣어 올라갔다.

　골목에는 전보다 훨씬 야위어진 그가 대문 앞 계단에 앉아 햇볕을 쬐고 있었다.

　가지고 온 봉투를 내밀자 휑하니 들어간 그의 눈이 반짝였다. 받지 않을 수도 있다는 생각이 들어 얼른 그 앞에 내려놓고 집으로 달려갔다.

　한동안 들리지 않던 기타 소리가 얼마 후부터 들리기 시작하였다. 화음이 잘 맞아 듣기도 좋았다.

그 일이 있은 얼마 후 달동네를 내려온 정호는 학교 기숙사에 기거하며 살았다.

달동네에서 있었던 청년과 노부부 그리고 정상에 서서 바라보던 달동네의 밤풍경을 고스란히 잊고 지낼 즈음. 노벨평화상을 탄 대통령이 나왔고, 남북 철길을 놓겠다며 철조망이 뚫렸다.

다대포항에 망경봉호가 정박하여 꽃미녀들을 쏟아냈고 꽃미녀들과 시민들은 한데 어울려 서로를 응원했다.

그렇게 관계가 무르익던 어느 날부터 보수주의자들은 연일 매스컴에서는 북과의 관계를 위하여 북에 얼마를 줬다느니 안 줬다느니 떠들어댔고, 케케묵은 이야기인 다대포항에 들어왔던 무장공비 사건을 다시 꺼냈다.

사람들은 미국이 곧 이라크를 침공할 것이고, 북한도 침공할지 모른다는 말을 흘렸다. 그러던 중 미국은 이라크를 침공하여 점령하였다.

일 년여 만에 달동네로 올라갔다.

달동네 입구를 오르면서 내내 기타 소리를 들으려고 귀를 기울여보았으나 들리지 않았다.

그가 매일 앉아 있던 대문 앞에도 그는 없었다. 대문 틈으로 안을 엿보았으나 아무도 보이지 않았다.

마을에 기타 소리가 들리지 않아 왠지 허전했고 황망하기까지 했다.

집으로 들어오자 동생이 막 출근하려고 구두를 신고 있었다.

"기타 소리가 들리지 않는다."

첫마디가 그 말이었다. 동생은 반기면서도 서운한 기색이었다.

"그 사람은 얼마 전 죽었어. 청각장애인이었다던데…… 병도 있었다지. 오빤 일 년 만에 만나 그 사람만 궁금해? 우리가 어떻게 살고 있는지 묻지도 않고."

"전화는 매일 했잖아."

미안해하며 동생 선우를 바라보았다.

"나, 회사 가. 아버지와 엄마는 열 시 퇴근이야."

그 말을 던지고 손바닥만 마당을 가로 질렀다.

"너도 이제 음악공부를 해야지."

아래로 내려가려는 선우 뒤에 대고 말했다.

"다음 학기에 학교에 가려고 준비하고 있어."

그렇게 말한 동생은 휑하니 집을 나섰다.

정상으로 올라와 앞산을 바라보았다. 멀리서 재개발을 하는 주황색 포크레인이 먼지를 일으키며 사람들의 영토표시를 지워내고 있었다.

담배 한 개비를 다 태우고 골목으로 들어가 청년의 모습을 생각해보며 청년이 앉아 있던 자리에 앉아 보았다. 햇볕이 따뜻했다. 한동안 그 자리에 앉아 있다 문틈으로 집을 관찰했다.

툇마루 끝에 놓인 청년이 매일 치던 기타를 발견하고 자세히 바라보았다. 툇마루 끝에 있는 기타줄에 뭔가가 끼어 있었다. 그것은 정호가 사다준 기타줄이 들어 있는 작은 봉투였다.

긴 이야기를 마친 선우는 자기 집에서 실제 있었던 이야기라며 위기에 처해 있던 그때를 생각하는지 생각에 잠기며 한숨을 내쉬었다.

여기에 나오는 정호는 자기의 친오빠라고 말했다. 그 말을 끝으로 자기가 다시 음악에 정진하게 된 동기도 오빠의 이야기를 듣고부터고 음악의 힘이 무궁무진하다 말하며 결의에 찬 모습을 보였다.

선우의 이야기를 마친 교수는 이처럼 음악은 살아 있는 것이고 절망에 빠진 사람들에게 희망이라는 것을 줄 수 있는 것이라 말했다.

교수의 긴 이야기를 생각해 보았다. '선우는 어떤 아이일까? 지금은 교수와 교류를 하지 않는 것일까?' 생각하다. 부모님께서 졸업시즌이 되자 부쩍 말하곤 하던 이탈리아 성악 유학을 다시 생각해 보았다.

"승희야 이제 곧 졸업인데 시집이나 가려고?"

늘 아버지는 그렇게 말하며 태도를 살폈다.

"아빠. 전 그렇게 능력 있는 사람이 아니예요. 소프라노를
하려면 조수미 정도는 돼야지요. 딸은 그렇지 못하답니다."

"너를 시집이나 보내고 남편이나 수발하면서 살라고 아빠
너를 대학까지 보내고 음악까지 공부시킨 것이 아니다."

라고 하였다.

그땐 아버지께 그렇게 말하면서 회피했지만 교수의 말을
듣고부터 자신도 모르게 생각이 바뀌어 가고 있는 자신을 발
견하곤 했다.

'그래 음악은 사람들에게 희망을 주는 것이고 그 희망은
무한하지 않은가? 병마에 시달리는 사람에겐 소생의 힘을,
삶에 지쳐 있는 사람에게는 휴식을 주고 절망하는 사람에겐
희망을 준다는 것이 맞을 것이지. 쇼생크탈출이라는 영화에
서 '피가로의 결혼 중 저녁바람이 부드럽게' 라는 곡을 독방
에 갇히는 것을 감내하면서까지 음악을 들려주어 삶이 고단
한 죄수들에게 희망의 메시지를 던져줬잖아. 교회에서도 찬
송가를 섞어가며 성경을 공부하잖은가? 그래 이제 더 넓은
곳으로 가자 저 교수처럼 낯선 곳에서 공부를 해보는 것도
인생에 필요한 것이니까. 부모님의 소원이기도 하고.'

그렇게 생각을 정리하고 있었다.

"자 오페라 후반부를 해봅시다. 프리마돈나 준비하세요.
후반부는 늘 말했지만 연기가 중요합니다. 프리마돈나의 연
기가 오페라의 모든 면을 좌우하니까요."

승희는 마치 중병에 걸려 있는 사람처럼 행동하였다. 그리고 목소리도 죽음을 앞에 둔 사람처럼 처절하게 하였다.

음악에 취하지도 않았다. 오르지 연기와 상황에 집중하였다. 알푸레도 품에 안겨 숨을 거두는 모습을 연기로 표현하고 마치 실제로 죽어가는 사람처럼 연기하였다.

교수는 승희의 모습을 살펴보려고 후반부를 찍어서 연습을 시켰다. 늘 그렇지만 교수는 미진하거나 실수할 수 있는 곳의 연습을 더 시켰다.

5

오페라 라트라비아타의 발표시간이 다가왔다.

단원들은 모두 설레는 마음으로 근대시대 유럽인들의 무
대복장으로 갈아입고 서로를 바라보고 어색한 곳이 있으면
고쳐주었다.

발표에 앞서 각 부문의 감독들이 모여 대학으로는 처음으
로 올리는 오페라의 성공을 기원하였다.

오페라는 예술이 집약된 것이라면서 먼저 석규가 단원들
에게 중요한 일을 하고 있다고 주지시키듯 말했다. 단원들은
자기가 맡고 있는 일들을 지금까지 연습한 대로 하면 된다고
말하고 각 부문의 감독들은 자기들이 맡고 있는 단원들이 충

실하게 이행할 수 있도록 하면 모든 것이 순조롭게 될 거라 말했다. 마지막으로 끝날 때까지 긴장을 풀지 말라 당부했다.

문학으로는 국문과 희곡을 담당하는 교수가 참여하였고 무대담당은 희곡을 담당하는 교수가 연극을 겸하여 참여하였다. 또한 음악에는 성악과 기악으로 구분하여 각 교수들이 담당하여 책임하에 단원들을 선발하기까지 하였다.

정식 오페라단에서는 의상을 담당하는 사람이 따로 있어 복장을 살펴주지만 음악대학교 졸업 작품이기 때문에 모든 것이 열악하여 서로서로 상대방의 옷을 점검해주고 화장도 점검하였다. 다만 의상학과 교수는 간단하게 당시의 의상에 대하여 조언을 해주었다.

승희는 오페라를 졸업 작품으로 올리겠다고 발표했을 때 대학에서 졸업 작품으로 오페라를 올리는 것은 교수의 욕심이라고 생각한 터라 늘 수동적으로 참여하였다.

하지만 연습이 깊어짐에 따라 그 생각은 사라지고 어떻게 해서든 최선을 다하자는 쪽으로 변하였고 시간이 갈수록 처음해보는 오페라지만 차츰 흥미로웠다.

연습을 하면서 처음에는 오페라가 성글게 뭔가 앞뒤가 맞지 않았지만 시간이 지남에 따라 이야기가 맞추어지고 연극도 이야기와 꽤를 같이 하였다.

라트라비아타 오페라의 시작이 비올레타의 집 거실인 파

티장의 장면이기 때문에 1막에는 단원들 모두는 파티복장이
었다.

　비올레타는 한 송이 동백꽃을 연상시키려고 그에 맞게 붉
은색으로 입었고 가슴에는 동백부인의 상징과도 같은 큼직
한 하얀 동백꽃을 달았다.

　알푸레도는 프로방스 대부호의 아들답게 귀공자 타입의
검은색 파티복장을 하고 있어 마치 남극의 신사인 황제펭귄
이 연상되었다.

　무대 안은 귀부인이 머물 수 있는 공간처럼 꾸며진 집이었
고 거실에는 돈 많은 마담의 집처럼 값이 나가는 가구들의
모형으로 가득 채워져 있었다.

　그동안 연습에서 단원들이 있어야 할 동선이 보이지는 않
았지만 다 정해져 있었다.

　연극에서는 자연스럽게 그 동선을 따라 연출해야 했다. 그
것이 단원들로는 기술이었고 관객들에게는 아무런 부담 없
이 자연스럽게 당시의 이야기처럼 느껴질 것이었다.

　석규는 조급한지 가끔씩 관객들이 하나둘씩 채워져 가는
극장 안을 막을 들춰가며 관객들을 확인하였다.

　오백 석 가까운 극장 안엔 한 시간 전부터 사람들이 들어
오기 시작했다. 앞자리 열 줄까지는 VIP들이 앉을 수 있는
좌석으로 각과 교수들과 학교 관계자들이 앉을 수 있도록 배
려하였고 맨 앞자리 정중앙에는 등받이에 하얀색 천으로 감

싸놓은 의자가 있었다.

그 의자는 누가 봐도 특별한 사람의 자리라는 것을 알 수 있었다. 그 옆으로는 대학 총장의 자리와 각과 교수들이 앉을 수 있도록 이름을 적어놓고 배려하였다.

극장 안의 붉은색 의자는 한 무리의 홍학 떼처럼 보였고 정중앙에 배치되어 있는 자리는 백학이 앉을 자리처럼 배열이 되어 있어 이번 공연에서 가장 중요한 한 사람의 자리라는 것을 쉽게 알 수 있었다.

극장을 찾은 모든 사람들은 그 자리의 주인공이 대학의 총장이 앉을 거라 생각하고 있었다.

승희는 목소리를 점검하면서 교수가 가장 중요하게 생각하는 사람이 왔는지 또는 어떻게 생겼는지 궁금하여 무대의 틈으로 객석을 바라보곤 하였다.

무대 뒤 단원들의 생각은 승희의 생각과는 달랐다. 오늘 올릴 오페라가 잘 끝나면 이제 졸업이라는 생각뿐이었고 학교를 졸업하면 사회로 진출한다는 꿈도 꾸고 있었다.

다시 무대의 틈으로 무대 밖을 바라보았다. 시간이 다 되어감에 따라 빈자리가 하나둘씩 채워지고 있었다. 그러나 하얀 보자기에 싸여 있는 의자의 주인은 그때까지 나타나지 않았다.

교수도 조급한지 자꾸만 무대를 들추고 무대 밖의 상황을 주시하였다. 승희는 교수가 조급하게 무대 밖을 확인하는 것이 누구인지 잘 알고 있었다.

　사람들이 채워지고 무대가 올라갈 시간이 됨에 따라 무대 밖에서 간단한 오페라의 소개가 이어지고 있었다.

　석규는 좌불안석인 사람처럼 자꾸만 무대 밖으로만 눈을 돌렸다. 그러나 그때까지 주인공은 나타나지 않았다. 승희는 석규와 무대 밖의 풍경을 관찰하면서 조그맣게 중얼거렸다.

　'후원자가 누군지는 잘 몰라도 시간에 맞게 도착해 주면 좀 좋아 이렇게 기다리는 사람이 많은데…… 교수님의 얼굴이 벌써부터 변해 있잖은가 혹시 못 올 수도 있다고 생각해서.'

　승희는 다시 한 번 무대 밖의 상황을 점검하였다.

　"자 한 음만 해봅시다. 비올레타가 가장 중요한 역할을 해야 합니다. 먼저 파티의 시작과 함께 집으로 들어오는 손님을 맞이해야 할 것이고 연습한 대로하면 잘될 것입니다. 이제 와서 욕심을 내면 전부를 잃을 수 있으니 조심해야 합니다."

　후원자가 오지 않을 수도 있다고 생각했는지 단원들을 다독였다. 특히 프리마돈나인 승희에게 다짐을 받듯이 말하고 긴장을 풀어 보라는 듯 단원들을 향해 말했다.

　단원들은 불협화음처럼 자신들이 해야 할 첫 음절을 자기들의 방식대로 조그맣게 소리를 내며 무대 안에서 걸어야 할 동선들을 걸어 보기도하고 손동작을 하면서 긴장을 풀었다.

사회자가 무대 안으로 들어와 마지막에 VIP가 입장했다고 교수에게 귀띔 해주고 돌아갔다.

단원들은 금세 교수의 얼굴이 환해졌음을 알 수 있었다. 승희도 그때 직감적으로 교수가 그토록 기다리는 사람이 도착했다는 것을 알았다.

"자, 이제 입장할 준비되었죠. 무대 기사에게 다 되었는지 확인하세요. 오케스트라는 내려가 자기 자리에서 기다리십시오."

잠시 후 무대를 준비하고 있는 학생이 무대감독에게 확인하고 오케스트라도 준비가 끝났다는 메시지가 들어왔다.

알푸레도와 프리마돈나인 승희가 무대 뒤에서 나와 자리를 잡았다. 석규도 오케스트라가 올라올 장소를 바라보고 앞에 서서 무대가 열리기를 기다리고 있었다.

잠시 동안 적막이 흐르고 있었다. 모두들 긴장된 순간이었다. 오케스트라가 아래에서 무대로 올라오고 석규가 단원들을 바라보았다.

승희는 프리마돈나의 역할을 실제와 같이 연출해 내려고 뒤마피스의 동백부인이라는 소설을 수도 없이 읽어 보았지만 오페라와 소설은 내용면에서 조금씩 다르다는 것을 알고 오페라에 맞게 연습했다.

석규의 손이 움직이자 맨 먼저 오케스트라의 음이 긴장이 서서히 풀리듯 데크레센도로 조그맣게 흐느끼듯 들려오고 있었다.

승희는 서곡의 악상을 따라가며 자기가 해야 할 동작이나 순서를 머릿속에서 떠올렸다.

'오늘은 실수를 하지 않아야지. 녹화로 하는 방송도 아니고 이건 생방송과 같은 일이니까.'

그 악상은 마지막 막까지 유지해야 한다고 악기를 하는 기악과 학생들에게 수도 없이 말하는 것을 들은 터라 머릿속으로 악상을 그려나갔다.

막이 서서히 올라가면서 서곡의 음향은 더욱 극적으로 바뀌며 곧 있게 될 오페라의 내용을 선명하게 하였다.

극장을 꽉 메운 청중들은 긴장을 하면서 무대를 바라보았다. 석규의 지휘봉이 오케스트라를 향하다 승희로 향했다.

그동안 연습해 온 모든 것을 오늘 시험해 보여야 한다고 생각하며 소리를 내 질렀다.

알푸레도도 같이 승희를 그윽한 시선으로 바라보며 승희의 음을 따라 자신의 소리도 맞추어 냈다.

프리마돈나지만 이 상황에서는 우아한 것보다는 그 시대의 창녀들처럼 음악에 맞춰 천박하게 소리쳐 웃으며 찾아오는 손님들을 맞이하였다.

의상은 당시 비올레타의 상황에 맞게 붉은색이었고 가슴에는 큼직하게 하얀 동백꽃이 동백부인답게 자연스럽게 매달려 있었다. 모두 무대에 어울리는 모습이었다.

승희는 노래하며 무대 위에서 극장 안의 청중들을 바라보았다. 하얀 천에 둘러 싸여있던 의자의 주인도 확실하게 보였다.

머리가 유난히 흰 노인이었다. 노인은 작은 체구여서 그런지 깡말라 있어서인지 의자가 너무 커 보이는 형상으로 외국인인지 국내인인지조차 구별하기 어려울 정도로 깡마른 노인이었다. 그 노인은 팔걸이를 하고 힘겹게 앉아 있는 모습으로 보였다.

'저런 체구에서 어떻게 사람을 살리고 키워내는 생각을 했을까? 교수가 말한 후원자의 생김새를 종종 유추해 보았지만 저런 형상의 사람은 상상은 할 수 없었거든. 하여튼 사람을 겉모습으로 판단하는 것은 실수하기 딱 좋은 것이지.'

그런 생각을 하다 순간적으로 오페라에 집중하지 못해 깜짝 놀랐다.

석규가 마치 초원의 배고픈 사자가 먹잇감을 보듯 이글거리는 눈동자로 승희를 바라보았다. 무대에서는 말은 하지 않았지만 지금 뭐하고 있는 거냐고 책망하는 모습이 확실했다.

마치 붉은색 동백 꽃잎이 바람에 날려 하늘하늘 떨어져 내리듯 비올레타는 객석을 압도하며 파티장을 돌아다녔다. 파티장에서는 한 사람의 화려한 화류계로 보일 수 있도록 천박스럽게 웃기도 하고 술도 따르고 마시면서 주위를 돌았다. 화려한 파티의 장면이 연출되고 있었다.

알푸레도는 프로방스 지방의 대부호의 아들답게 귀공자의 풍채를 하고 사랑스런 눈동자로 비올레타를 바라보며 노래를 맞췄다. 그의 눈은 비올레타가 움직이는 대로 따라다녔다.

'그래 알푸레도가 어떻게 바라보든 이건 한편의 극일 뿐이니까 나는 몸을 파는 창녀일 뿐이고.'

교수의 의미심장한 모습을 흘기며 극중에서 알푸레도의 사랑을 그윽한 눈으로 받아들였다.

알푸레도는 그 순간을 놓치지 않으려고 술잔을 들고 '벗이여 밤새도록 술을 마시자'를 노래하고 비올레타도 그의 시선을 따라 얼굴에 미소를 지어보이며 같이 따라 불렀다. 2중창이었다. 노래의 화음이 무대 안의 청중을 사로잡았다. 사람들은 두 사람의 행동을 응시하며 다음에 펼쳐질 일들을 유추하였다.

파티가 무르익자 알푸레도가 '추억의 그날부터'라는 곡으로 비올레타를 적극적으로 유혹하자 비올레타는 못이기는 척하며 알푸레도를 바라본다. 사랑스런 눈동자이다.

비올레타가 비록 고급 창녀이지만 알푸레도는 진정으로 사랑한다는 모습을 보인다.

청중들은 그 모습을 숨죽이며 바라보고 더러는 오페라의 소개 책자를 뒤적여 앞으로 전개될 사건들을 상상하며 긴장을 한다.

파티장의 단원들은 비올레타와 알푸레도를 중심으로 모여 있고 각자 자기 역할에 충실하고 있다.

비올레타는 긴장된 청중을 바라보며 극에서 대로 알푸레도가 자신에 대하여 참사랑을 하고 있다 생각하며 실제의 상황처럼 사랑스런 표정으로 노래를 불렀다.

청중들은 앞으로 전개될 두 사람의 운명 같은 사랑과 비극을 생각하게 될 것이라고 생각하고 연극에 몰두하였다.

극중에서는 파티가 끝나고 있었다. 긴장되어 있던 상황이 서서히 풀리면서 파티에 초대받은 사람들이 하나 둘 두 사람의 미래를 축하하며 무대 밖으로 나가고 파티에는 비올레타와 알푸레도 둘만이 남게 된다.

비올레타는 프리마돈나답게 자기를 사랑하는 사람이 이 사람인가? 생각하며 '아, 그 사람인가'와 '꽃에서 꽃으로'를 부르고 알푸레도는 그 모습을 사랑스런 눈동자로 끝까지 지켜본다. 파티가 서서히 식어가며 그에 맞추어 스르르 막이 내려온다.

관객들은 파티장의 여운이 그때까지 남아있는지 박수로 화답한다.

"이정도면 잘했습니다. 단원들 모두 수고했습니다."

교수는 흡족한지 얼굴에는 미소가 머물러 있다.

승희는 실수한 부분을 생각하며 교수를 바라보았다. 교수는 승희가 실수한 것을 알고 있다 생각하고 2막을 준비하는 내내 교수에게서 다른 생각을 한 것에 대하여 주의를 준다.

승희는 청중들에게 매료되어서는 안 된다고 다짐한다. 교수는 그 말미에 생각보다 단원들이 잘하고 있다고 칭찬하며 2막을 준비하라고 말한다.

승희는 교수가 단원들에게 용기를 불어 넣어주고 있다 생각하고 실수를 하지 않으려고 다시 한번 다짐해 본다.

교수는 진땀이 나는지 그때서야 수건을 꺼내 이마의 땀을 닦아낸다.

'그래, 저 교수도 땀이 나겠지 이 날을 얼마나 기다려 왔던 가? 아마 오페라의 단원들보다 객석에 앉아 있는 한 사람인 후원자를 더 많이 생각하고 있을 거야. 자기의 전부를 드리고 싶다고 말할 정도의 귀인이니까?'

교수를 바라보며 생각하였다.

단원들은 2막에서 입을 옷과 화장하기가 바쁘고 교수는 단원들의 준비가 잘 되고 있는지 긴장하며 관찰한다.

'그래, 교수가 말한 대로 프로방스를 생각하면서 2막을 장식해야지. 연습에서도 그랬듯 2막이 어렵단 말이야. 알푸레도의 아버지 제르몽 그리고 알푸레도와의 갈등을 가장한 연기, 난 이런 것에 익숙지 않아서 연극을 늘 망쳐 버리곤 했단 말이야. 저 교수도 그걸 잘 알고 있으니 긴장하겠지. 이야기에 취하지 말아야지. 오늘은 음악에만 열중하면 되는 것이

니.'

화장에 열중하고 있는 제르몽을 멀리서 바라보며 진행될 2
막의 시작을 생각했다.

극중의 시간은 3개월쯤 지난 후이고 장소가 알푸레도와 같
이 살고 있는 공간으로 무대가 바뀌어 있을 것이고, 그곳에
서의 행복한 삶을 연기하다가 알푸레도 아버지인 제르몽의
권유에 따라 어쩔 수 없이 사랑하는 사람과 헤어지게 되는
연기를 해야 한다고 머릿속에 상황들을 간추려 미리 정리해
보았다.

석규는 무엇을 생각하는지 무대 밖의 상황을 점검하고 있
었다. 초청한 사람의 모습을 보려고 안절부절하는 모습도 종
종 있었다.

교수의 이야기를 떠올렸다. 그렇게 보고 싶었던 아버지와
같은 후원자를 찾았다고 수업시간 내내 이야기했던 그때 눈
에서 눈물이 흐르고 있다는 것을 알 수 있었다.

'프로방스에서 그분이 살고 있었어. 학교에서 시간이 나면
선우와 여행을 하곤 하던 그 프로방스 아를에 그렇게 찾고
그리워하던 그분이 음악의 산실이 되어버린 그 프로방스에
살고 있었다니.'

석규는 프로방스에서 있었던 이야기를 해주었다.

"프랑스의 남부 프로방스에 아를이란 곳이 있지. 화가들이
즐겨 찾는 곳이고 화가들의 고향이라고 부르는 곳이지. 세잔

느의 고향도 프로방스이고 그곳에서 그림을 그렸고 빈센트 반 고흐도 그곳에서 많은 작품을 그렸지. 지금도 잊지 못하는 그곳의 햇빛. 푸르게 때론 붉게 그리고 노랗게 부서져 내리는 그 햇빛 카뮈도 그곳에서 글을 썼던 곳이고 알퐁스 도데도 그곳에서 시를 쓰고 살았던 곳이고…… 여러분들도 별이라는 작품을 읽어봤을 것이야 그 별에 나오는 단어들이 쏟아지는 저녁 선우는 그곳에서 처음으로 내게 사랑한다고 말을 했었지. 프랑스 예술인이라면 그 느릿하고 한적하고 한가한 지중해 연안의 프로방스를 찾을 것이라는 것쯤은 누구나 한 번쯤 해 봄직해. 그러나 나의 후원자님은 그때까지도 예술을 하는 사람이라고는 상상하지 않았을 때이니까. 이제야 화가가 되었다는 것을 알았고 그래서 프로방스 아를에서 살았을 수 있다는 것을 알았지. 고흐도 아를에서 그 눈부신 햇살과 시시각각 변하는 자연을 나름대로 해석하며 그렸으니까. 그 프로방스 아를의 론강 가……"

승희는 석규가 말한 그 프로방스를 떠올려 보았다.

무대 밖을 점검하던 석규가 단원들에게 지시했다.

"자, 이제 무대로 들어갑니다. 비올레타. 극중의 한 사람으로만 생각하세요. 우리는 연극과 음악을 같이 하고 있으니까요. 그동안 우리가 연습한 대로 가면 되는 겁니다. 객석에 앉아서 경청하며 바라보고 있는 청중들은 생각하지 말고 오로지 우리는 예정된 순서대로 음악을 해야 합니다."

단원들이 모두 자기가 있어야 할 곳으로 자리를 잡았다. 무대 밖으로 나가야 할 시간들을 가늠하며 비올레타도 알푸레도를 바라보았다.

무대가 올라가고 극중 줄거리는 비올레타가 자기가 가지고 있는 귀중품을 판돈으로 알푸레도와 같이 살고 있는 상황으로 묘사되어 있었다.

사냥에서 돌아온 알푸레도는 '불타오르는 마음을' 이라는 아리아를 부른다. 노래를 불러도 비올레타가 보이지 않자 하녀에게 비올레타가 어디에 있는지 묻는다. 하녀가 매일 놀이에만 빠져있는 알푸레도를 반갑지 않은 얼굴로 바라보며 비올레타는 같이 살 돈을 마련하고자 귀중품을 처분하기 위해 파리에 갔다고 통명스럽게 말한다. 하녀의 말을 들은 알푸레도는 그때서야 현재의 자기를 되돌아보며 그동안 잘못된 방탕한 생활을 생각하게 되고 그 비용이 그동안 같이 살고 있는 비올레타의 귀중품을 처분하여 생긴 돈이었다는 것을 깨닫고 괴로워한다.

비올레타가 파리에서 돌아오자 알푸레도는 자신의 잘못을 뉘우치고 비올레타에게 용서를 빈다. 이제는 비올레타와 같이 살 돈을 자신이 직접 벌어오겠다고 말하며 파리로 떠난다.

그때 알푸레도의 아버지인 제르몽이 아들이 살고 있는 집으로 찾아오고 아들이 돈을 벌겠다고 파리로 떠났다고 말하자 제르몽이 비올레타에게 자기 아들의 눈을 멀게 하여 아들을 망치고 있다고 꾸짖는다.

비올레타는 울면서 이제 그간의 방탕한 생활을 정리하고 참회하며 살고 있다 말하며 우리는 서로 참사랑을 하고 있다고 말한다.

하지만 제르몽은 두 사람을 떼어낼 생각으로 알푸레도 여동생이 지금 혼담이 오가고 있다고 말하며 혹시 신랑 측에서 아들이 방탕하게 화류계인 비올레타와 살고 있다는 것을 알게 되면 혼담을 망치게 될 거라 말하고 아들 곁에서 떠나줄 것을 호소한다.

승희는 그때나 지금이나 사람들의 이기적인 생각은 똑같다고 생각하며 2부를 망치곤 하였다.

지난번 교수의 이야기도 그랬다. 프랑스에서 사랑이 깨지게 된 것도 선우 부모들의 문제였다고 생각했다.

그때 교수는 괴로워하는 모습으로 선우와 사랑했던 이야기를 하면서 길게 한숨을 내쉬었다. 승희는 이 시대에 그런 문제로 서로 사랑하는 사람이 헤어지는 것을 상상치 못할 일이라고 생각했었다.

알푸레도가 비올레타가 쓴 절교의 편지를 손에 들고 나타나며 어쩔 줄 몰라 하고 아들이 비올레타에게 깊게 사랑에 빠져 있다 생각한 제르몽이 나타나 아들의 생각을 돌려놓으려고 고향을 생각할 수 있도록 '프로방스의 바다와 육지'를 노래한다.

승희는 연습 중에도 제르몽의 노래를 들으며 프랑스 남부의 프로방스에 꼭 한 번 가봐야겠다 생각하였다.

알푸레도는 비올레타가 자기를 배반하고 다른 남자에게 가버렸다고 오해하며 절망하고 질투한다.

이때 알푸레도는 비올레타가 탁자에 놓아둔 홀로라베이브아 남작의 파티초대장을 발견한다. 초대장은 비올레타가 일부러 알푸레도가 찾아오면 쉽게 볼 수 있도록 탁자 위에 놓아둔 것이다.

남작 집으로 찾아간 알푸레도는 연적이기도 한 남작에게 다가가 그를 도박판에 끼어들게 하고 아무것도 모르는 홀로라베이브 남작은 도박판에서 큰돈을 잃는다.

비올레타는 그 모습을 보고 알푸레도가 화가나 남작에게 결투를 신청할지 모른다는 생각이 들어 알푸레도가 떠날 수 있도록 남작의 손을 잡고 나타나 남작을 사랑하게 되었다고 파티에 참여하고 있는 사람들에게 말한다.

알푸레도가 그 말을 듣고 화가나 비올레타의 발 앞에 남작에게서 딴 돈을 내던지고 사라진다. 비올레타는 그 충격으로 그 자리에서 쓰러져 기절하게 된다.

승희는 비올레타 역을 하면서 주인공의 성격에 대하여 만족하지 못했다. 자신이 실제로 비올레타의 환경이면 이렇게 하지는 않았을 것이고, 사실대로 말하여 어려움을 극복했으리라 생각했다.

한편 비올레타의 참사랑을 깨달은 알푸레도의 아버지 제르몽은 아들이 해서는 안 될 일을 하고 있다 생각하고 그간의 일을 말하러 나타나고 그곳에서 비올레타의 괴로운 모습을 보고 가슴 아파한다.

2막이 내려가자 승희는 한동안 그곳에 남아 알푸레도와 비올레타의 이야기를 생각한다.

'어떤 사람이고 참사랑이라는 것이 있는 것이지. 극에 나와 있는 대로 사회에서 지탄을 받는 창녀였지만 그녀에게도 참사랑이라는 것이 있었을 것이고…… 교수가 이 오페라를 선택한 것이 무엇인가? 교수에게도 이와 가까운 이야기들이 있었던 것은 아닐까? 혹시 모를 일이지. 아무리 공부만 하면서 살았다고 하지만 한때는 사랑했던 선우가 있었고…… 모를 일이야 부모님의 반대 때문에 사랑하는 사람이 훌쩍 떠났다고 했던 말은 아무리 생각해도 이해가 되지 않는단 말이야. 선우와의 사랑에 말하지 못할 뭔가 있었을 수도……'

승희는 여러 생각들이 깜깜한 밤하늘에 별똥별이 한꺼번에 쏟아져 내리는 것 같았다.

막을 살짝 펼쳐보니 일부의 사람들은 잠시 쉬는 시간에 밖으로 나가 몸을 움직였지만 후원자라는 분은 죽은 듯 그 자리에 꿈쩍하지 않고 앉아 있었다.

승희는 오페라의 무대를 내려오며 교수의 후원자에 대하여 여러 가지 생각을 하였다.

"자 단원들, 수고했습니다. 이제 막이 올라오면 그동안 연습해 온 라트라비아타의 오페라는 끝이 납니다. 결말은 비올레타의 죽음이지만 소설에서는 죽음 이후의 일을 상세하게 기록하고 있습니다. 정말로 사랑했던 한 남자의 이야기입니다. 화류계였던 동백부인을 그토록 사랑했다는 것이 소설에 더욱 상세하게 기록되어 있죠. 가슴 아픈 사랑을 이야기해주는 것이기에 더욱 애잔한 것이고 그것을 우리 단원들은 노래와 몸짓으로 표현해야 합니다. 오늘은 무대에서 화려하게 비올레타의 복장을 빨갛게 하였지만 책에서는 하얀 동백꽃색의 옷입니다. 그 동백을 비올레타는 좋아했고 항상 가슴에 달고 다녔습니다. 그래서 책 제목을 동백부인이라고도 합니다. 훗날 알푸레도는 비올레타의 무덤에 그 하얀 동백꽃을 매일 꽂아 주었고요. 자 비올레타는 이야기를 상상하면서 연기를 해주었으면 합니다. 3막은 비올레타의 연기력이 있어야 살아납니다. 그럼 조금 쉬었다가 시작합시다. 악상과 자기의 역할을 생각하며 기다리세요."

교수는 그 말을 하고 다시 무대 밖을 살폈다.

단원들은 3막에 쓰일 옷과 단장으로 분주하다. 특히 승희는 배역이 가장 많아 의상과 화장에 더욱 신경을 쓰고 있었다.

3막 준비가 끝났다는 연락이 들어온 것은 그때였다.

"비올레타는 무대로 들어가세요. 이제 마지막 막이고 가장 중요한 부분입니다. 거의 비올레타의 무대이니 잘하셔야 합니다."

이미 무대 안에는 비올레타의 방으로 꾸며져 있다. 귀부인이 쓰는 방으로 값비싼 장식장들이 있고 가장 화려한 장식탁자 위에는 알푸레도가 사준 마농레스코라는 책이 마치 귀중품인 것처럼 올려져있다.

어지럽혀진 거실에 헝클어진 머리를 한 비올레타가 병색이 완연한 모습으로 침대에 비스듬히 누워 편지를 읽고 있다. 관객들은 병색이 완연한 비올레타를 보고 슬픔에 잠겨있다.

제르몽이 보낸 알푸레도의 근황에 관한 편지의 내용은 우려했던 일들이 벌어졌었다는 내용이었다. 알푸레도가 남작에게 결투를 신청하여 결투를 하였고 남작에게 중상을 입혔으나 다행히도 남작의 상처가 다 나아가고 있다는 것과 알푸레도는 지금 외국에 나가 있다는 내용이었다.

여러 번 반복하여 읽어도 그것은 자신을 위로하고 있다는 소리뿐이고 보고 싶은 알푸레도가 돌아온다는 말은 없었다. 편지의 말미에 아들이 곧 찾아와 그간의 일을 사과할 것이라고만 적혀있고 언제 돌아온다는 내용은 없었다.

수없이 편지를 읽던 비올레타는 편지를 집어던지고 '이제

는 늦었어.' 라고 말하면서 절망하고 '지난날이여 안녕' 이라
는 노래를 부르고 있을 때 외국에서 돌아온 알푸레도가 들이
닥친다.

비올레타는 너무나 보고 싶었던 알푸레도가 돌아오자 기
쁨을 감추지 못하고 알푸레도의 팔에 안기며 병색이 섞인 어
조로 '조용한 집에서 즐겁게 살 집을 마련합시다.' 라는 노래
를 부르고 이어 알푸레도와 비올레타의 눈물의 2중창인 '빠
리를 떠나며' 로 이어지지만 비올레타는 죽음을 예견한다.

이어 제르몽은 자기의 잘못을 뉘우치고 이제 비올레타에
게 딸을 삼겠다고 말한다.

이에 비올레타는 그 자리에서 일어서려다 그대로 무너지
고 알푸레도의 품에서 숨을 거둔다.

곧 막이 내려가고 관중석에서는 양철지붕에서 우박이 떨
어지듯 박수가 쏟아진다.

다시 무대가 올라가고 참여했던 단원들이 모두 나와 관객
들에게 인사를 한다. 교수는 단원들 한 사람 한 사람의 이름
과 역할에 대하여 말하며 소개했다.

단원들은 마치 큰일을 끝내 홀가분하다는 듯 얼굴에 만면
의 미소를 하고 관중들을 향해 절을 하였다.

석규가 단원들의 소개를 마치고 후원자를 소개하였다. 그
러나 후원자는 미동도 하지 않고 그 자리에 앉아 있었다. 멋

쩍은 듯 다시 총장을 소개하고 교수들을 일일이 소개하였다.

총장이 옆에 있는 후원자에게 눈을 돌려 바라보았다. 총장은 뭔가 이상한 느낌이 있었는지 후원자를 흔들어 보았다. 후원자의 몸이 이미 굳어 있어 주위 사람들이 보아도 부자연스러웠다. 후원자는 총장의 손길에 따라 힘없이 의자 옆으로 쓰러졌다.

갑자기 사람들이 수런거리고 후원자의 죽음을 안 청중들은 소란스럽기까지 하였다. 석규가 무대에서 달려 내려가 후원자를 업어보았지만 이미 차가워진 몸은 쉽게 업혀지지도 않았다.

"후원자님, 이게 어찌 된 것입니까?"

석규가 절규하였다. 하지만 이미 싸늘해진 후원자는 말이 없었다.

그때 프랑스에서 같이 온 사람이 프랑스말로 말했다.

"석규 교수님인가요?"

"네."

동그랗게 학교의 관계자들이 갑자기 일어난 사건을 보며 모여 있었다. 단원들은 서로가 서로를 바라보며 어떻게 해야 할지 고민하고 있었다.

"이곳으로 올 수 없는 상태였습니다. 이미 돌아가셨어야 했는데 이곳을 꼭 가야 한다며 교수님에 대하여 말을 하곤 하였습니다. 의사를 통해 죽을 때를 미리 알고 있었으나 교수님의 초청장을 받고부터 손꼽아 이날을 기다리고 있었습니다. 의사는 지금까지 살아 있는 것이 기적에 가깝다고 하였고 한국으로 가시면 살아서 돌아오기 힘들다는 말도 했었습니다."

후원자가 눈앞에서 죽었지만 결과를 알고 있었다는 듯 같이 따라온 사람은 초연하였다.

"이분과는 어떤 사이신가요?"

석규는 눈물을 흘리며 바라보았다.

"네, 저는 이분의 아내 마리입니다."

마리는 초연한 태도를 그대로 유지하였다.

"어떤 분인지 꼭 뵙고 싶었습니다. 그림을 그리면서도 종종 교수님 이야기를 했습니다."

승희는 무대에서 내려와 그들의 대화를 듣고 있었다. 교수가 말한 후원자에 대하여 너무도 잘 알고 있었기 때문에 교수의 슬픔을 알 것 같았다.

후원자의 부인인 마리는 후원자의 몸속에서 한 장의 종이를 꺼내 석규에게 주었다.

"이것은 프랑스를 떠나올 때 어렵게 쓴 글입니다. 꼭 교수님께 직접 드리겠다고 하였습니다."

석규는 유서 같은 편지를 받아들고 읽어볼 여유조차 없어 우선 안주머니에 넣어두었다.

곧 앰뷸런스가 도착하고 후원자의 부인과 함께 병원으로

향했다. 승희는 어떻게 하여 앰뷸런스에 자신이 앰뷸런스에 오르게 되었는지조차 몰랐다.

조금이라도 교수를 위로하고픈 마음에서였다. 옷도 무대 복장 그대로였고 화장도 지우지 않아 3막에서 연기하였던 핏기 없는 비올레타의 모습 그대로였다.

곧 정신을 차린 석규가 승희를 바라보았다.

"병원에서 할 이야기가 많을 겁니다. 후원자님에 대한 이 야기도 있을 것이고 어떻게 해야 할지도 상의를 해야 합니 다."

승희에게 시간이 있으니 옷을 갈아입고 올 수 있도록 말했 다.

"제가 어떻게 이런 모습으로 이 차를 타게 되었는지 모르 겠습니다."

본인도 모르게 따라왔다는 것을 말했다.

"경황이 없어서 그랬을 것입니다. 곧 병원에 도착하면 옷 을 갈아입고 오세요."

석규도 차분하고 냉정하였다.

병원으로 향하는 내내 익산역 광장에서의 일을 떠올려보 며 앰뷸런스를 타고 홀로 떠나간 아버지를 생각하였다.

신기루처럼 앞길이 뿌옇게 열리고 있었다. 차들이 교차하 여 지날 때마다 까마귀 떼가 날아오르는 것 같았다.

아버지가 떠나간 그 공간 속으로 후원자도 빨려 들어가는 것 같았다.

눈을 감았다. 땟국에 절은 한 소년이 트럼펫을 손에 들고 있었다. 곧 사람들이 몰려왔고 웅성거리는 틈에 트럼펫을 아버지에게 넘기고 다시 바이올린을 잡고 음을 켰다. 유년시절의 일상이었다.

또 다른 한 장면에서는 젊은 모습의 프랑스인도 있었고 젊은이와 노인 그리고 어린아이까지 구경 나온 사람들이 바라보고 있었다.

어디선가 'O DANNY BOY'가 흘러 나왔다. 슬픔을 참지 못해 눈물을 절로 흘렸다.

후원자의 부인인 마리를 바라보았다. 이미 노쇠해 버린 모습에서 나이를 직감할 수 있었고 이마에는 실천 같은 주름이 자글자글 그려져 있었지만 그의 푸른 눈동자는 광채를 띠고 있었다.

"이분을 모시고 프랑스로 가야 하는데 이곳에서 어떻게 해야 할지 걱정입니다."

석규를 바라보고 말을 하였다.

"미리 생각하고 계신 곳이 있습니까?"

석규가 뭔가 생각하다 말했다.

"이분은 생전에 아를을 좋아했습니다. 그리고 그곳에서 잠들 수 있게 해달라는 유언도 있었고 아를의 공동묘지에 영면에 들 터도 미리 정해놓은 상태였습니다."

마리가 어떻게 해야 할지 몰라 석규를 바라보았다.

"일단 여기 병원 영안실로 모시고 그리로 가실 수 있도록 하겠습니다. 우선 시신을 움직이려면 프랑스 대사관의 허락이 필요합니다. 그곳에 부탁해 보겠습니다."

마리는 석규의 말을 듣고 안심하는 것 같았다.

옷도 갈아입지 못하고 따라온 승희는 옷을 갈아입고 온다며 먼저 공연장으로 떠났고 석규는 후원자의 사망 후의 일을 도맡아 했다.

먼저 프랑스 대사관에 연락을 취하고 다음 절차를 생각하기로 하였다.

장례식장에서 대사관 사람을 기다리는 동안 안주머니에 넣어둔 편지를 그때서야 읽어보았다.

편지의 내용은 긴 유서였다.

아들이라 부르겠다.

아들이 이렇게 잘 커주어 고맙다.

네가 한국에 있을 때나 이곳 프랑스에 있을 때조차 늘 너를 지켜보고 있었단다.

한국에 있을 때는 원장 수녀님을 통해 너의 근황에 대하여 알고 있었고 이곳 프랑스에 있을 때에는 왕립예술학교 음악과 교수님으로부터 동향을 알고 지냈지.

또 졸업을 하고 프랑스 필하모니 오케스트라의 일원이 되어 공연하고 다닌 것도 잘 알고 있었단다. 그리고 지난번 바이올린 독주회에는 너 몰래 직접 공연을 구경하기도 하였단다.

나는 그때 파가니니의 곡인 카프리스 1번부터 24번까지 연주하는 네 모습을 보고 얼마나 즐거웠는지 모른다.

내 아들이 저렇게 성장했구나 해서지. 그리고 네가 프랑스 필하모니를 그만두고 한국 대학교수로 갔다는 것도 잘 알고 있었단다.

참 잘 선택한 것이다.

요즘은 나에게도 위기가 찾아왔단다. 그것은 현대의술로도 고칠 수 없는 병이 진즉부터 내 몸에 들어와 살고 있었단다.

암이라는 것이지. 그것도 치유할 수 없는 말기 암.

의사는 오늘 아침에도 찾아와 한국에 들어가는 것을 만류하였다. 지금까지 이렇게 산 것도 신께 고마워해야 할 것이라고 말하면서 말이다.

하지만 난 그럴 수가 없었다. 지금까지 숨어서 지켜보았던 내 아들을 꼭 가까운 거리에서 보고 싶었다.

그리고 말을 하고 싶었단다.

정말 이렇게 성장해 주어 고맙다고. 앞으로도 음악을 위해 열심히 노력해 주렴.

이제 내 생명도 얼마 남지 않았단다.

늘 죽음의 그림자가 곁에 따라다니는 것을 느끼지. 누구든
거스를 수없는 것이 죽음이란다. 이것은 미리 너에게 알려
주어야 했는데 경황이 없어 말하지 못했다. 미안하구나.

너의 아버지는 익산 금마에 있는 공동묘지에 안장되어 있
다. 찾아보려거든 그곳에 너의 아버지를 찾을 수 있도록 표
식을 해두었다. 그 표식을 찾으면 쉽게 너 아버지의 묘지를
찾을 수 있을 거다. 아버지의 묘지엔 주먹돌로 무덤 주위에
무덤을 따라 동그랗게 표시를 해 뒀단다.

너의 아버지의 이름은 김동일이었다.

파묘가 되지 않았다면 쉽게 찾을 수 있을 것이다.

난 지금 화가가 되어있지만 네가 바이올린으로 켰던 아버
지의 장송곡이 늘 나를 따라다녔다. 내가 죽거든 아버지와
같이 내 무덤 앞에서도 그 장송곡을 켜다오.

무덤의 위치는 나의 아내인 마리가 알려 줄 것이고 무덤에
는 샐비어꽃을 심게 하였단다.

세상에 곁에 아무도 없다는 것은 쓸쓸하고 고독한 것이란
다. 하지만 너는 그렇게 살지 말아라.

너는 아버지가 둘이나 있고 아를에 어머니인 마리가 있다.

세상에 빚을 지고 태어나 이렇게 성장했으니 빚을 값아야
한다. 샐비어꽃처럼 정열적으로 세상을 살거라.

오늘도 아들이 들려준 그 파가니니 곡을 이 아를에서 듣고
있단다. 여기 너의 어머니 마리를 두고 간다.

마리를 어머니로 모시고 종종 찾아 뵙거라. 마리를 부탁한
다.

너의 아버지 앙리

유서를 읽고 석규는 울음을 터트렸다.

마리는 유서를 읽는 내내 옆에서 석규를 위로하였다.

프로방스의 아를까지 후원자의 시신을 어떻게 모셔야 되
는지가 큰 문제였다.

하루를 병원 영안실에서 보내니 아침 일찍부터 프랑스 대
사관에서 사람이 나왔다.

아를로 시신을 모시는 방법이 두 가지인데 하나는 화장을
해서 모셔가는 방법과 또 하나는 그대로 냉동장치를 통해 모
셔가는 방법이었다.

화장을 하면 포장을 하여 일반 화물칸에 보내면 되기 때문
에 경비가 들지 않았지만 시신을 그대로 냉동화물기에 보내
려면 많은 경비가 소요되었다.

후원자의 부인께 그 방법 중 하나를 선택하라고 대사관 측
사람이 말했다. 마리는 그대로 모셔가는 것이 나은데 비용
때문에 망설이고 있었다.

"비용문제는 걱정하지 않으셔도 됩니다. 저의 은인이고 아
버지이신 이분을 제가 아를까지 모셔갈 수 있도록 하겠습니
다."

망설이는 모습을 보고 나서서 말했다.

"고맙네."

마리는 고맙다고 말하며 손을 모았다.

빈센트 반 고흐의 땅 아를을 떠올려 보았다.

프로방스 아를, 선우와 사랑을 나누었고 선우와 이별을 한 그 아를에 후원자의 영면을 위해 모든 힘을 기울여야 했다.

프로방스까지는 대한항공이 취항을 하고 있어 어렵지는 않았다. 학교에 휴가를 내고 아를로 떠날 준비를 하고 있을 때 승희에게서 전화가 왔다.

"교수님 수업시간에 프로방스 아를에 대한 이야기를 많이 들었습니다. 선우의 이야기를 하면서 종종 아를의 론강과 주변의 이야기를 많이 하셨지요. 그때 꼭 가보고 싶다 생각했습니다."

아를에 같이 가고 싶다는 거였다.

"그렇게 하세요. 제가 프로방스에 대하여 가이드는 하겠습니다."

승희도 아를이라는 도시를 체험하면 좋을 듯싶어 승낙하였다.

프랑스 대사관의 도움으로 프로방스 아를에 도착하여 후원자가 부탁한 공동묘지에 무사히 안장하였다.

안장이 끝나고 석수장이를 시켜 돌을 깎아 조형물을 만들고 '나의 이상 나의 평화 나의 자유를 주고 떠나신 아버지 앙리 잠들다.' 라고 새겨 넣었다.

조형물의 모습은 바이올린을 든 어린 아이가 앞에서 바이올린을 켜고 있는 형상과 그 앞에서 캔버스를 세워놓고 그림을 그리는 형상으로 만들었다.

조형물이 다 만들어진 날 묘소 앞에서 후원자의 부인 마리와 승희가 묵례를 하고 석규가 유언대로 'O DANNY BOY'를 바이올린으로 연주를 하였다. 연주가 끝나자 승희는 눈물을 흘리며 '아, 목동아'를 불렀다.

후원자의 아내인 마리는 몇 번이고 고맙다고 했으나 석규는 그것이 자기가 해야 할 도리라 생각했다.

아를의 햇빛이 시시각각으로 변한다고 하더니 선우와 함께 보았던 그 햇빛과는 너무도 달랐다. 후원자를 아를 땅에 묻던 그때는 햇살이 노랗게 부서지는 석양이었다.

햇빛을 보며 빈센트가 생을 다해 그림을 그리곤 하던 아를이 이렇게 아름다운 모습이어 가능했다고 혼자서 생각했다.

석규는 선우와 여행을 하던 장소를 찾아다녔다. 그때서야 승희는 계속 공부를 하고 싶다고 말했다. 그 말을 하며 이제는 우물 안 개구리처럼 살고 싶지 않다고도 했다.

'그래 교수님이 독신을 고집했던 이유가 있었던 거야. 사랑했던 기억들이 가슴에 상처가 되어 가슴 한복판에 풀리지 않고 응어리져 있었고. 그래서 이렇게 둘만이 아는 그 장소를 순회하는 것이지.'

   교수가 생각하고 있는 선우가 어떤 모습일까 상상하며 교
수가 정하여 놓고 그곳으로 찾아다니고 있는 장소와 그동안
깊게 자리 잡고 있는 교수의 생각들을 상상해 보았다.
   교수는 여독에 지칠 만도 했지만 그렇지 않았다.
   "짜인 여행의 순서는 있는 것이지요."
   승희는 교수를 따라가며 좀 쉬었으면 하는 생각에 말하였
다.
   "그럼. 좀 힘이 드는가?"
   생각을 알아차렸는지 그때서야 바라보았다.
   "여행도 중요하지만 좀 쉴 곳을 찾아보았으면 합니다."
   앞서 가는 교수를 보고 말했다.
   석규는 앞서 걸으면서도 선우와 다녔던 그때의 아를을 생
각하고 있었다.

6

알베르 카뮈가 살던 집에 이르러서 석규가 말했다.

지금 여행하는 곳은 선우와 마지막으로 만났던 곳이고 이 곳 카뮈가 살던 집에 이르러서 선우는 이상한 말을 하였다.

"선배 전 음악을 포기할 수도 있어요."

음악에 대한 열정으로 보아 선우로는 결코 할 수 없는 말이었다.

그때 선우의 말을 듣고 이해할 수 없었지만 그 말이 이별을 통보한 것이라고 안 것은 선우가 사라지고 난 한참 후였다.

선우를 잊고 살던 어느 날이었다. 선우의 오빠인 정호가 연구실로 찾아왔다. 유난히 추운 겨울이 지나고 교정에 백목련이 만개하던 때였다. 정호라고 자기를 소개했을 때 선우의 오빠라는 것을 쉽게 알 수 있었다.

선우가 집이 어려워지고 산동네로 이사하게 되었을 때의 이야기를 주의 깊게 들었기 때문에 이름을 기억할 수 있었다.

교수의 이야기를 들은 학생들은 이야기에서 갑자기 사라진 선우의 뒷이야기를 각각 자기들이 편한 대로 유추하고 있었다.

그때 정호는 그간 있었던 이야기를 상세하게 말하였다. 갑자기 사라진 선우를 종종 생각하고 있었던 터였기 때문에 이야기를 자세히 들었다.

"선우가 제 동생입니다."

머뭇거리던 정호가 겨우 그 말을 해놓고 석규의 모습을 살폈다.

"그래요. 선우는 잘 있습니까?"

애써 태연한 척했다.

"……네."

정호는 어렵게 대답하였다.

"지금도 음악을 하고 있나요."

사무적이다 싶게 말하며 정호의 태도를 살폈다.

"음악을 할 처지가 되지 못합니다. 프랑스를 떠나온 그날

이후로 선우는 모든 것을 잃었습니다."

정호는 그 말을 해놓고 침울한 표정을 하였다.

"어떤 일이?"

정호의 말에 깜짝 놀랐다.

"무작정 프랑스를 떠나온 선우는 부모님과 심한 말다툼을 하였지요. 아마 교수님에 대한 선우의 생각을 말한 것이 화근이 되었습니다. 어머니는 교수님은 안된다고 단호하게 말하였고 어머니가 반대하는 이유를 따져 묻다가 지금 이 시대에 그런 이유로 사귀지도 못하게 한다는 것은 잘못된 일이라고 박박 우겼지요. 급기야 목소리가 커지고 선우는 그것을 견디지 못했습니다."

정호는 어렵게 그 말을 하고 석규의 반응을 살폈다.

"제 말을요?"

둘이 만나고 사귀는 일을 선우 부모는 심하게 반대했던 프랑스에서의 일을 떠올리려 보았다.

"네"

정호는 원망하는 모습이 아니었다.

"선우는 어떻게 되었습니까."

정호는 점점 더 침울한 표정을 하였다.

"부모님과 싸운 그날 저녁 내내 큰소리로 울었습니다. 프랑스에서 무작정 돌아와서 교수님 이야기를 하고 나서입니다. 물론 저희 부모님의 생각에 문제가 있는 것은 압니다. 저

라도 부모님의 생각을 바꾸어 놓았어야 했는데 그렇게 하지
못했습니다. 어렵게 키워온 딸이기 때문에 부모님의 생각도
있고 하여서 말이죠."

　정호의 이야기를 알 것 같았다.

　"선우는 지금 어디에 있나요. 저도 갑작스럽게 학교를 떠
나 늘 궁금했었습니다. 한국에 있는 주소도 몰랐고 전화번호
조차 몰랐기 때문입니다. 또 선우는 음악을 정말 사랑한 학
생이었는데."

　정호에게 그렇게 변명 아닌 변명을 했다.

　"선우는 지금 산속에 있는 정신병원에 있습니다. 첼로를
손에 놓은 것도 그 때문이었고요. 첼로를 정신병원으로 가지
고 들어갔는데 그게 되겠습니까. 수준이 음악학교에 다닐 때
만 못하겠지요."

　정호는 그 말을 하고 어렵게 말하였다는 듯 마른침을 삼켰
다.

　"그래요?"

　정호의 말에 너무도 놀랐다.

　선우의 강인한 성격을 알고 있었기 때문이었다.

　프로방스에 있는 까뮈의 집에서 했던 말들을 상기해 보았
다. 그때 선우는 이해할 수 없는 말을 했다.

　"음악을 하면서 이렇게 어려운 일은 없었어요. 부모님을
이해시키고 또 두 분의 축복 속에 살아야 한다는 것을 차츰

알게 되었지요. 그것이 나에게는 참 고통입니다. 지금 이 시
대에 살면서 이런 고통을 간직하고 산다는 것이 참 안타까워
요. 전 이제 모든 것을 걸고 부모님과 이야기를 해야 합니다.
음악을 더 할 수 없어도 말이죠."

그때 그 말이 무얼 상징하고 있는지 몰랐다.

부모를 이해시켜야 되고 축복 속에 산다는 것도 생각지도
않았고 음악을 못할 수도 있는 말도 이해할 수 없었다.

그때까지 살아오면서 주변에 가까운 사람이 없었고 음악
에만 매진하며 살고 있었기 때문에 사회가 어떻게 돌아가는
지 전혀 알지 못했을 때였다.

그 말을 해놓고 근심 속에 정호가 떠났다. 한동안 정호의
이야기가 귓전을 맴돌았다. 수업을 하여도 마음이 편치 않았
다.

오빠가 희망을 잃지 않고 일을 했던 것이 늘 귀에서 들리
는 기타 소리였다고 말하고 그 때문에 음악을 계속할 수 있
었다고 말하던 선우가 눈앞에 있는 것 같았다.

오빠는 그 기타 소리가 절망 속에 살고 있었던 때 희망이
라는 씨앗을 가슴속에 심어 주었고 현실의 삶의 고통을 위로
받는 계기가 되었다는 것을 알게 되었다고 했다.

선우는 오빠의 말을 듣고부터 유년기부터 배웠던 첼로를
꺼내 매일 닦았고 아래로 내려가고 가정이 안정되면 다시 첼
로를 할 것이라고 다짐했다.

정호는 선우가 있는 정신병원을 알려주고 떠났지만 곧장 그 정신병원으로 달려갈 수는 없었다.

정신병원에 입원했다는 것은 충격이었다. 어떻게 해서든 만나 보아야 한다는 생각은 정호가 떠난 다음부터 간절했다.

정신병에 대하여 서적도 찾아보고 하여 어느 정도 병을 이해를 한 다음 선우가 입원해 있다는 정신병원을 찾았다.

병원 간호사를 만나 선우에 대한 이야기와 선우의 상태를 파악하고 만나도 된다는 병원 측의 허락을 받아 선우를 만났다.

간호사는 선우가 음악을 하는 학생이었다는 것을 잘 알고 있었다. 쉬는 시간에는 병원 앞에 심어져 있는 커다란 플라타너스나무의 그늘에서 혼자 어떤 생각에 사로잡혀 첼로를 켠다는 것이고, 음악에 대하여 모르는 간호사였지만 선우가 켜는 음악은 알 수 있다고 말했다. 주로 켜는 음악이 자클린의 눈물이라고도 했다.

간호사는 선우가 늘 그 음악만 줄기차게 켰고 그 음악을 들으며 어떤 곡인지 알아보았다. 선우는 곧 곡에 대하여 자세하게 알려 주었다고 했다.

간호사의 이야기를 듣고 프랑스 왕립예술학교 교정의 플라타너스 그늘에서 위로한답시고 켜주곤 하던 음악이 생각났다.

늘 자클린의 눈물을 직접 켜주며 고독한 생활을 위로하였다. 선우가 켜는 음악이 고독과 외로움 속에서 살고 있었던 때 위안이 되는 곡이기도 했다.

면회를 하자 선우는 처음에는 알면서도 모르는 체하였다.

"이렇게 늦게 찾아와 미안하다."

사죄를 하는 사람처럼 정중하게 말했다.

"저를 알아보시네요."

그때서야 알고 있다는 듯이 말했다.

"늘 어떻게 살고 있는지 궁금했지."

그때 선우가 알아보지 못하는 체하고 있다는 것을 알았다.

"전 이제 이렇게 되었습니다. 선배의 이야기를 많이 들었어요. 교수가 돼서 한국에 들온 것도 알고 있었고요."

그 말을 한 선우의 눈에는 금세 눈물이 그렁그렁 맺혔다.

"한 번이라도 연락을 하지 그랬나."

선우의 모습을 보자 눈에서 눈물이 핑 돌았다.

"전 여기가 좋아요. 다들 절 이해해주고 의사 선생님과 간호사 선생님이 잘 대하여 주시니까요."

선우는 울면서 말했다.

"나를 많이 욕하며 살았겠지."

잘못한 사람이 사죄하듯 하였다.

"왜 제가 선배를 욕해요. 전 그런 사람이 아닌 걸 잘 아시잖아요."

선우는 자기를 면회 온 한 사람처럼 말했다.

"프랑스 음악학교 생각이 나지 않아."

그 말에 잠시 생각에 잠겼다가 말을 이었다.

"전 프랑스 프로방스의 아를만 생각납니다."

아를에서 사랑을 고백하던 선우를 떠올려 보았다.

"프로방스 올리브나무와 그 햇빛…… 그리고 아를 들에 자유롭게 커가는 그 사이프러스나무들. 정말 좋은 곳이었지 난 선우가 프랑스를 떠나고부터 아를에 가지 않겠다고 혼자서 맹세를 하곤 했어. 그 후론 프로방스 아를에는 단 한 번도 가지 않았고."

그 말을 하면서 선우의 표정을 살폈다.

"저에게 아를에 대하여 많이 이야기해 주셨죠. 그 말을 하나도 빼놓지 않고 다 기억하고 있어요."

선우는 잠시 그때를 회상하듯 눈을 감았다.

"지금껏 한국으로 돌아와 생각나곤 한 것이 프로방스였으니까."

선우에게 프로방스를 생각하도록 하였다.

"음악을 하고 싶은데 이제 부드럽던 손가락도 이렇게 굳었어요. 음악을 생각해도 손가락이 말을 듣지 않아요."

그렇게 말하면서 손가락을 움직여 보였다.

"이곳에서도 종종 첼로를 켠다던데. 손가락에는 아무렇지도 않은걸."

손가락을 바라보며 이상이 없다고 하였다.

"간호사가 그래요."

선우는 그 말을 하고 운동장 끝에 있는 큰 플라타너스나무를 바라보았다.

"저기 저 나무가 음악학교에 있었던 그 나무 같지 않아요."

하늘 높이 뻗어 올라간 플라타너스나무를 바라보았다.

"닮았네."

교정에 있는 나무보다는 조금 작기는 하지만 줄기나 잎이 그대로였다.

"가끔 저 나무 때문에 프랑스 예술학교로 착각하게 만들죠."

선우는 어떤 생각을 하는지 플라타너스나무에서 눈을 떼지 않았다.

"여름에는 시원하겠네."

다른 생각을 할 수 있도록 유도해 보았다.

"저기서 첼로를 켜며 옛 생각을 하곤 한답니다. 다 지나가 버린 과거지만요. 요즘엔 생각하면 뭘 해 하면서 나를 합리화하며 혼자 위로를 하곤 합니다. 이제는 돌이킬 수 없는 거지만. 저녁이 되면 저처럼 이 나무도 표정을 확 바꾸어 버립니다. 나무의 줄기를 보세요. 마치 용의 몸통 같지 않아요. 빈센트의 별이 빛나는 밤의 그림에 나오는 사이프러스나무는 헛바닥을 날름거리는 괴수와 같은 것처럼. 저길 봐요. 저 플라타너스나무가 용이 몸통을 뒤틀고 하늘로 올라가는 느낌이 들지 않아요."

선우는 그 말을 하고 얼굴을 찡그렸다.

음악이 가난하고 헐벗은 자들에게 희망을 심어 줄 수 있는 것이고 마음에 여유를 갖지 못하고 사는 사람들에게 삶에 여백을 심어주고 부정적인 생각만 가지고 사는 사람에게 긍정적인 사고를 심어 줄 수 있는 것이라 말을 한 선우의 이야기를 되새겨 보았다.

"오늘도 첼로를 켤 수 있어?"

그렇게 말하고 선우의 연주하는 모습을 살피고자 했다.

선우의 실력이 어느 정도인가 알고 싶어서였다.

"할 수는 있지만 간호사의 허락이 필요해요."

자유롭지 못하다는 것을 단적으로 말하고 있었다.

"그래. 내가 간호사의 허락을 받아올게."

그 말을 하고 간호사의 허락을 받았다.

간호사는 선우가 맡겨 놓은 첼로를 가져와 선우에게 주었다.

"저는 저 플라타너스나무 아래가 좋아요. 그리로 가시죠."

선우와 첼로를 들고 플라타너스나무 아래로 갔다.

선우는 몇 번 첼로의 줄을 튕겨 음을 맞추어 보고는 연주하기 시작하였다. 음악은 같았으나 음악학교에서 들었던 소리는 아니었다.

그때 연주하는 내내 프랑스에서 있었던 일들이 머릿속을

어지럽혔다. 연주를 끝내자 박수를 쳐주었다. 선우는 빙긋이 웃으며 말했다.

"선배, 고마워요. 이 소리는 아닌데 하면서도 선배 앞이라 켜 보았어요. 선배도 잘 알죠?"

선우는 자기가 켜던 소리가 아니라는 것을 잘 알고 있었다. 선우는 그렇게 말하고 바라보았다.

"이곳에서 연습을 게을리 하여서 그런 것이지. 음악을 다시 하면 곧 나아질 거야."

진심이었다. 유명한 명연주자의 솜씨는 아니더라도 어쩌면 음악을 다시 할 수도 있을 것 같아 한 말이었다.

그 말을 듣고 난 선우는 허망한 눈으로 플라타너스나무 가지를 바라보더니 헛웃음을 터트렸다. 알 수 없는 웃음이었고 의미 없는 웃음이기도 했다.

선우가 급격하게 다른 사람으로 변해갔다. 면회를 더 할 수 없을 상태까지 이르러서야 선우에게 병실로 가자고 했다.

다시 병실로 가며 그렇게도 찾아 다녔던 후원자님을 만나게 될 거라는 말을 하였고, 곧 무대에 올려질 오페라에 대하여 말하고 티켓도 두 장 주면서 시간을 내보라고 하였다.

선우는 그런 상황에서도 후원자를 만나게 되었다는 말에 축하한다고 어눌하게 말하였다.

그때 선우는 자클린의 눈물을 연주한 후로 전혀 다른 사람으로 변하였다. 오페라 관람권도 소중하게 생각하지 않았고

멍한 눈으로 자꾸만 하늘을 보고 허망하게 웃었다.

선우가 바라보는 하늘은 구름 한 점 없는 하늘이었다. 플라타너스나무는 나약한 소녀에게 하늘로 오르는 것이 어렵다는 것을 말하여 주듯 괴기스럽게 몸을 비틀며 하늘로 오르고 있었다.

선우의 모습을 지켜보던 간호사가 다가와 선우를 데리고 병실로 들어갔다. 석규는 그 자리에 서서 멀어져가는 선우를 바라보기만 했다.

간호사는 선우를 병실에 가두었다.

"이 곡을 연주하고 나면 꼭 저렇게 되곤 한답니다. 머릿속에 어떤 트라우마가 자리 잡고 있는지…… 선우가 저런 현상만 없다면 퇴원하여도 생활하는 데는 문제가 없을 것인데."

간호사는 안타깝다는 듯 그 말을 하고 병실로 들어갔다.

선우의 모습은 달라져 있었다.

그 자리에서 한동안 병실의 사람들을 관찰했다.

철창 안으로 들어간 선우는 많은 환자들과 뒤섞여 있었지만 큰 방 한구석에서 쪼그리고 앉아 입술을 계속 움직였다. 들리지는 않았지만 누군가와 말을 하고 있는 것 같았다.

선우를 입실시키러 병실로 들어갔던 간호사가 다시 나와 간호사실로 안내하였다. 간호사는 친절하게 선우의 상태에 대하여 말했다.

"지금 저렇게 혼잣말을 하는 것을 보면 환청을 듣고 있는 중이랍니다. 첼로로 저 곡을 연주하고 나면 한동안 저렇게 앉아 있다가 서서히 안정됩니다. 그것이 지금까지 선우의 증상이기도 합니다."

간호사는 불쌍하다는 듯 선우 쪽으로 눈을 돌려 바라보면서 말했다.

"나을 수 없는 병인지요."

여러 서적들을 보아 알았지만 간호사에게 다시 한 번 말해 보았다.

"솔직히 말해 완치는 불가능합니다. 종종 자기의 큰 트라우마가 무너지면 정상인으로 돌아오기는 합니다. 그것은 백명 중 한 사람 정도에 불과 합니다."

간호사는 그렇게 말하며 마치 현대 의술이 자기 책임인양 미안해하였다.

"평생을 저렇게 살아야 하는 겁니까?"

안타까워서 한 말이었다.

"병세가 호전되면 사회에 나가 병을 관리하면서 살기도 합니다."

간호사는 애써 큰 병이 아니라는 것을 강조하였다.

"선우는 왜 이곳에만 오랫동안 있는 거죠."

따지듯 말했다.

"부모들의 문제죠. 밖으로 나가면 사람들에게 알려질 거고……"

  간호사는 변명 같은 이야기를 하였다.

  "그렇군요. 가족들이 사회의 편견 속으로 내몰리게 되어 있으니."

  푸념을 섞어 말했다.

  "선우는 한때 프랑스 유학을 했다던데 알고 계신가요."

  이야기를 바꾸어 말했다.

  "그래요. 저의 후배로 들어왔으니까요."

  간호사의 의도대로 따라 주어야 한다고 생각했다.

  "아, 그렇군요."

  간호사는 석규의 모습을 자세히 관찰하였다.

  "저를 알고 있다고 하던가요."

  혹시 간호사에게 관심을 가지고 말을 하였는지 물었다.

  "선우는 병이 호전되고 마음에 안정을 찾으면 늘 말했습니다. 프랑스 유학 중에 만났던 선배 한 분이 있다면서."

  그때 의자를 당겨 앉아 간호사의 말을 경청하였다.

  "프로방스를 주로 다녔다면서 저 안에 있는 빈센트 반 고흐의 별이 빛나는 밤 사진이 보이죠. 그 그림을 보고 중얼거렸습니다."

  병실 내에는 표구된 커다란 그림이 걸려 있었다. 론강의 별이 빛나는 밤이었다. 그림을 사진으로 찍은 것이었다.

  빈센트 반 고흐는 그때 친구가 없다고 말하며 있는 것이라고는 한 그루의 해바라기와 황토와 보리밭 그리고 별이 빛나

는 밤만 있다고 우리나라 시인인 김승희가 '생 레미 요양원'
이란 시에서 말한 적이 있다.

선우의 머릿속에 도대체 어떤 것이 점령해 있을까? 생각하
며 정신병원을 떠나왔다.

선우가 떠난 이유를 침통한 표정으로 말하고 아들의 넓은
평원으로 눈을 돌렸다.

승희는 생각하였다.

'그래, 그래서 교수님은 지금껏 혼자 살고 계셨던 것이야.
선우라는 여자아이를 생각하면서 아무도 접근하지 못하도록
마음에 철조망을 단단히 쳐놓았던 것이지. 교수님을 마음속
으로 깊이 생각하고 있는데 접근할 수가 없으니. 교수님은
내 마음을 아는 것인지.'

승희는 선우라는 사람을 생각하면서 혼잣말을 하였다.

'프로방스의 저 햇볕을 봐. 이렇게 맑을 수가 있는지. 이곳
을 예술인들이 찾는 이유가 다 저런 자연 때문일 거야.'

그 말을 하고 이글거리는 태양과 아무렇게나 커있는 사이
프러스나무 그리고 올리브나무가 있는 언덕을 바라보았다.

"교수님, 저도 이 실력으로 성악을 계속 공부해도 되겠습
니까?"

슬픈 눈으로 멀리 있는 들판을 바라보며 말했다.

승희는 프랑스로 오기 전부터 선우나 교수처럼 유학을 하
고 싶었다.

"그럼요. 프리마돈나를 아무나 할 수는 없죠. 공부할 마음
이 있다면 제가 돕겠습니다."

승희의 유학을 적극 권하였다.

"유학을 하려면 어디로 가야 하지요?"

잘 알면서도 다시 한 번 교수에게 말했다.

"성악은 이탈리아로 가는 것이 좋을 듯합니다. 저도 그곳
에 친구가 있긴 합니다만."

승희의 행동을 살폈다.

"프로마돈나를 하면서 그렇게 결심하곤 했습니다. 그러나
용기가 없어서. 이 목소리가 그곳에서도 통할지 의문이고."

"소프라노의 목소리는 그 정도면 되겠습니다. 하지만 유학
하는 데 어려움이 많아요. 먼저 돈도 있어야 하고 그곳에 살
면서 배워야 할 일들이 많지요. 언어도 그렇고…… 아무튼
공부를 해야겠다는 의지가 필요합니다. 유학생들에게는 향
수병이 있습니다. 그것을 극복하는 것이 첫 번째 관문입니
다."

그 말을 한 석규의 눈이 빛났다.

자신이 겪어온 과거를 생각하면서 청명하기만 한 들녘을
바라보았다.

교수는 혼자서 살았고 또 타향에 살면서 얼마나 많은 수모
를 겪었는지 알 것만 같았다.

저녁이 되어 마리의 집으로 돌아왔다.

마리는 침대를 내주고 거실에 있겠다고 하였다.

잠을 자려 해도 잠이 오지 않았다.

석규도 잠이 오지 않은지 뒤척거리다가 일어나 탁상용 불을 켜고 책을 보고 있었다.

거실에는 마리가 그리던 그림을 완성 지으려는지 캔버스 앞에서 뭔가 깊은 생각을 하고 있었다.

승희는 이런 밤에 빈센트 반 고흐가 그렸던 그 론강이 어딘지 여쭤어보고 강둑에 앉아 별과 강을 바라보자고 말을 해야지 생각하며 테이블 앞에 앉아 있는 교수에게로 갔다.

"잠이 오지 않아요?"

승희가 다가오자 먼저 말했다.

"네."

"그럼 그림책이라도 보세요."

책장에서 그림책을 꺼내 주었다.

그림책 안에는 빈센트 반 고흐의 그림들이 있었다.

교수에게 들은 아를에 대한 이야기 속에 빈센트의 그림들을 떠올리며 몇 장을 넘겼다.

"여기 론강이 어디쯤에 있나요."

론강의 별이 빛나는 밤이라는 그림을 보고 말했다.

"여기 아를에 있는 강입니다. 여기에서 가깝죠."

그때서야 승희를 바라보았다.

"그럼 한밤중이 됐으니 그 강을 보고 싶네요."

그 말을 하고 석규의 태도를 살폈다.

"그럽시다."

석규는 특별한 외출을 한다고 생각했다.

선우와 헤어지고 난 다음 별이 빛나는 론강을 다시는 보지 않겠다고 자기에게 스스로 약속한 터였기 때문이었다.

"생 래미 요양원 창문에서 본 빈센트 반 고흐는 그곳에서 별이 빛나는 밤을 그렸습니다. 어쩌면 선우도 그 정신병원에서 별이 빛나는 밤을 수도 없이 바라보며 자신을 생각할 것입니다."

석규는 선우를 생각하며 론강으로 향했다.

선우와 헤어지던 날 그날도 론강의 별이 빛나는 밤이었다. 밤을 지내고 곧 파리로 가 선우는 떠났고 다시는 교정에서 볼 수 없었다.

론강 가에 앉아 강물과 하늘의 별을 바라보았다.

하늘에는 수많은 별들이 아롱져 있었다. 그만큼 별들은 론강 안에서 서로의 그림을 그리듯 흔들거리고 있었다. 이런 모습 때문에 고흐는 여기서 그림을 그렸고 고독을 그림 속에 그려 넣었구나 라고 생각하였다.

진한 코발트색 하늘에 구멍이 숭숭 뚫려 있었다.

석규는 그 구멍 속으로 자꾸만 빨려 들어가는 느낌을 받으면서 잠시 눈을 감았다.

아버지의 영지, 그리고 하얀 돌무더기들 한국으로 들어가면 꼭 찾아보아야 할 첫 번째 목표이기도 했다.

그 아버지의 영지에 놓여져 있다는 주먹돌들이 자꾸만 별처럼 느껴지는 밤이었다.

익산역 광장에서 있었던 일들을 기억하며 별들을 바라보았다. 큰 별의 불빛 속으로 빨려 들어가자 그곳에는 옛 시절 기억으로만 남아 있는 시골 마을이 고스란히 남아 있었다.

몇몇 초가지붕이 보이고 마당에 멍석을 깔고 누워 별을 헤아려 보던 어린아이가 있었다.

북두칠성이 선명하게 하늘 한가운데에 찍혀 있었고 그 별들은 하나둘씩 밀짚멍석으로 쏟아져 내려오고 있었다.

별이 내려오는 새벽이 되면 멍석엔 이슬이 배어 축축했다. 그때까지 멍석에 누워 움직이지 않았다.

생각이 깊어지고 있을 때 승희의 긴 머리가 볼을 간지럽폈다. 어깨에 기댄 승희는 조그맣게 속삭였다.

"교수님, 마음을 알 것 같아요."

밑도 끝도 없이 그 말을 하고 몸을 밀착하였다.

"나에게는 할 일이 많아. 죄도 많고……"

승희를 의식하며 말했다.

"이 순간은 아무 말 하지 마세요."

그것을 알았는지 승희가 말했다.

"조금 후면 승희도 더 넓은 세상을 보게 될 것이야."

석규는 냉정해지려고 자꾸 말을 하였다.

"알겠어요. 그리 되겠죠."

승희는 그런 교수의 마음을 알 것 같았다.

"나에게는 이제 무거운 짐이 하나 더 생겼어."

그 상황에서도 선우만 생각하였다.

"말을 하지 않으셔도 알 것 같아요."

승희는 선우를 생각하고 있는 교수의 마음을 알 것 같았다.

"내가 사랑했던 선우를 구하는 일이 어떤 일이 있을까 고민하고 있거든."

승희에게 찬물을 끼얹듯 그렇게 말했다.

"선우는 정신병원에 있다면서요."

이제 잊으라고 말하지 못해 그렇게 말했다.

"내 책임 같아. 죄책감 때문에 요즘 통 잠을 이룰 수 없어."

"제가 도와드릴게요."

승희는 더욱 밀착하였다.

"미안하다."

가만히 밀쳐내고 론강에 아롱져 있는 별들만 바라보았다.

"이제 선우는 잊어버리세요. 미안한 일이지만 할 수 없는 일 아닌가요."

교수의 마음을 헤아리며 말했다.

론강의 별이 빛나는 밤은 자꾸만 깊어갔다.

하늘의 별들도 초롱초롱 반짝였고 별이 지는 강물엔 또 다른 별이 론강에 수를 놓고 있었다. 아름다운 밤이었다.

교수의 귀에 밀착하여 속삭이듯 말을 하였다.

"교수님, 제가 사랑하면 안 되나요."

석규는 그 말을 듣고도 아무런 말을 할 수가 없었다.

이 밤에도 너무나도 나약한 한 소녀가 정신병원의 창문에서 별을 바라보며 기도하고 있는 모습이 가까이서 보이는 것 같아서였다.

승희와 저녁카페에 들렀다. 여행객들이 많았다. 노란집의 형태가 그대로 있어 승희에게 고흐가 그린 저녁카페에 대하여 설명해주고 그때나 지금이나 형상이나 색깔은 노랗게 칠하여져 그 옛날 그대로라고 말했다.

노란집에서 차를 마시고 붐비는 노란집을 벗어나 한적한 고대 원형극장으로 향했다. 가까운 거리에 있었지만 저녁카페와는 대조적으로 사람이 없어 한산했다. 원형극장은 형체만 있고 잡초가 우거져 있어 한적한 곳이기도 했다.

원형극장은 고대인들의 검투사들이 있었던 곳이라고 설명해주자 승희는 돌로 지어진 원형극장을 자세하게 관찰하였다.

7

프로방스에서 후원자님을 영면에 들게 하고 아를을 떠나 곧바로 아버지가 누워 있다는 익산으로 갔다.

아를을 떠날 때 마리는 마치 아들을 떠나보내듯 차가 멀어질 때까지 그 자리에 서서 지켜보았다.

승희는 가끔씩 뒷모습을 바라보고 있는 마리의 모습을 바라보았다.

"마치 아이가 미지의 세계로 가는 길을 엄마가 걱정스런 모습으로 바라보듯 하네요."

마리는 차가 멀어져도 그 자리에 서 있었다.

"저에게는 어머니 같으신 분입니다."

석규는 바라보고 있는 마리를 돌아보며 말했다.

"좋으신 분 같아요."

승희는 차 안에서 멀어져가는 마리를 오랫동안 바라보고 있었다.

"저에게는 어머니의 기억은 없습니다. 하지만 마리라는 어머니를 얻었지요. 후원자이신 앙리님도 어머니로 모시라고 하였고요."

한국에 도착하여 승희는 집으로 갔고 아버지를 찾으려 곧바로 동동묘지가 있는 익산으로 갔다.

아버지의 묘지를 찾으면 꼭 들려줄 '아, 목동아'를 위하여 바이올린을 손에 들고 아버지 묘지를 찾아 나섰다.

버스를 기다리는 동안 익산역 대합실로 들어갔다. 벽에 붙어 있는 큰 그림을 다시 보았다. 그림 속에 자신이 들어 있는 것 같아 한동안 그 그림에 몰두하였다. 사람들은 지나치며 그림에 몰두하고 있는 한 사람을 특별하게 바라보지 않고 자기들의 일을 하였다.

후원자의 그림은 아무리 보아도 뭔지 모를 끌림이 있었다. 스쳐보면 그런대로 그림이 눈에 익어 보이다가 어떤 땐 낯설어 보였다. 또 자세히 바라보면 그림 속에 보여주고 싶은 뭔가가 표기되어 있는 느낌이 들기도 하였다. 그림을 한동안 관찰하다 광장으로 나왔다.

광장에는 비둘기 떼들이 마치 유년시절에 보았던 까마귀

떼처럼 보였다. 그때는 멀리서 바라보기만 하였지만 지금은 그때를 생각하려고 비둘기 떼 속으로 들어가 보았다.

비둘기들은 놀라 껑충껑충 뛸 뿐 사람을 무서워하지 않았다. 소리도 없었다. 가끔씩 자기들끼리 모이를 두고 싸움질하는 날갯짓 소리만 있었다. 시끄럽게 울어대던 그때의 까마귀들과는 대조를 이루는 것 같았다.

광장에 있는 보석의 조형물 경계석에 앉아 옛날을 생각해 보았다. 손에서 자기도 모르게 바이올린을 케이스에서 꺼내고 있었다. 지나가는 사람들은 아무도 이상하게 바라보는 사람이 없었다.

아버지의 장송곡이기도 한 '아, 목동아'를 아버지와 헤어졌던 때를 생각하며 바이올린으로 켰다.

성인이 된 유명한 바이올리니스트의 음악을 지나가는 사람들은 처음에는 아무도 귀담아 듣지 않았다. 하지만 석규의 머릿속에는 유년의 그때로 돌아가 있었다.

미풍이 불었다. 볼에 스치는 바람이 성이 나 있지 않았다. 바람을 음미하며 바이올린을 켜고 있을 때였다.

처음에는 무심코 지나쳐 갔던 행인들이 매끄럽게 이어지는 곡에 민감하게 감흥을 하고 있었다.

'사람들은 음악을 피부로 느끼지 않지만 마음으로 그냥 알고 있는 것이지. 매끄러운 음향은 누구나 감동할 수 있는 것이고 사람들이 사는 모습도 이 음악처럼 매끄러워야 할 것이

고······'

사람들이 모여들자 그런 생각을 하였다. 그러다가 갑자기 선우가 떠올랐다.

어려웠던 시절 선우는 집 근처에 살고 있는 사람의 기타 소리에 위로를 받고 살아왔다고 하지 않았는가?

내 음악도 그래야 되는 것이지 나로 인하여 이 시대에 아 픔을 안고 살아가는 사람이 있다면 음악이 무슨 소용이 있단 말인가?

그들을 위로해야 참다운 소리를 내는 것이지 아버지도 어 쩌면 그때 구걸보다는 피곤한 사람들을 위하여 이 광장에서 음악 소리를 냈던 것이고.

몇 번인가 트럼펫을 불면서 피아노도 있었으면 화음이 맞 겠다고 하지 않았는가? 피아노는 무게가 있고 들고 다니기 도 힘드니 지금 생각해 보면 그 생각이 오죽 들었겠는가.

국내에서 바이올린으로는 제일이라고 자부하는 석규는 '아, 목동아'를 켜면서도 피아노 소리가 뒷받침해 주면 얼마 나 좋을까 하는 생각을 했다.

버스 시간이 되자 악기를 챙겨 넣고 정류장으로 향했다. 금마로 가는 버스였다.

고향인 한국에 있는 버스고 한국의 지명이었지만 프랑스 에 익숙해져 있어서인지 모든 것이 어색하고 낯설었다.

한 시간가량 버스를 타니 아버지가 묻혀 있다는 공동묘지에 도착하였다. 후원자의 표시대로 익산 금마에 있는 미륵산 기슭 공동묘지였다. 공동묘지는 그곳 한 군데뿐이었다.

정오의 태양은 목덜미를 따끔하게 쏘아붙이고 있었다. 주변의 소나무가 잘 어우러져 있는 공동묘지였다.

수천 기의 묘지에서 아버지의 묘지를 찾는다는 것은 힘든 일이었다. 앞에 있는 몇 줄을 찾아보다 찾기 힘들다는 것을 알고 관리실로 갔다.

"어쩐 일인가요?"

남루한 복장을 한 한 사람이 테이블 앞에 쭈그리고 앉아 있다가 눈을 휘둥그레 뜨고 바라보았다.

바지는 검은색 작업복이었고 윗옷은 더워서인지 짧은 티셔츠 차림과 슬리퍼를 신고 있었다.

보기에도 묘지에서 막일을 하는 사람처럼 보였다.

"묘지를 찾으러왔습니다."

석규는 무작정 그 말을 하고 관리인을 바라보았다.

"이곳에 있는 묘지는 이천 기가 넘어요."

그는 그렇게 막연하게 말하면 찾기 힘들다는 투로 말했다.

"혹시 묘지 주변을 작은 주먹돌로 둘러놓은 묘지가 있나요?"

이번에는 부탁하듯 정중하게 말했다.

관리인은 위아래로 훑어보더니 고개를 갸웃거렸다.

"오래된 묘지가 맞나요."

보았다는 태도였다.

"예. 한 번도 찾아보지 않았으니까요."

관리인은 조상을 모시지 않았다는 듯 원망스런 눈동자로 바라보더니 불쾌한 표정으로 말을 하였다.

"몇 번 이름 없는 묘지로 분류되어 파묘를 하려고 했습니다. 이곳은 임자 없는 묘지들이 많아서요."

묘지 관리인은 천천히 살피며 말했다.

"아직 있긴 합니까?"

뭔가 있다는 단서를 발견했지만 묘지 관리인이 확실하게 말하여 주지 않아 말했다.

"그럼요. 아무리 무연고 묘지라 할지라도 우리는 소중하게 생각합니다. 이렇게 찾아오시는 후손들이 있곤 하니까요. 저를 따라오세요."

햇빛이 눈부셨다. 묘지들이 성난 초록색 파도를 치고 있었다. 위로 올라갈수록 묘지 주위를 단장해 놓은 곳도 있었지만 헐벗은 묘지가 더 많았다.

"지금까지 아버지의 묘지가 여기에 있는지조차 몰랐습니다."

숨차게 비탈길을 따라가던 석규가 천천히 가자고 할 수 없어 그렇게 말했다.

"힘드시나요?"

뒤를 힐끔 바라보며 묘지 관리인이 말했다.

"예."

비탈길로 들어서자 숨이 찼다.

"저희는 매일 이곳을 몇 번씩 오르내립니다."

무엇이 힘드냐는 투였다.

"아버지 묘소지만 한 번도 찾아뵙지 않아서 관리는 되고 있는지 궁금했습니다."

석규는 묘지 관리인에게 말을 시켜 보았다.

"여기에 안장되어 있는 묘소를 시에서 관리하고 있으니 우리는 그 지시를 받고 일합니다. 하지만 관공서 사람들은 우리와 같이 인간관계를 잘 모릅니다. 무연고 묘지로 분류해 놓고 파묘를 서두르니 말입니다. 하지만 저희들은 파묘한다면 반대의견을 냅니다. 이렇게 언젠가 조상을 찾아오시는 걸 확신하고 있으니 말이죠. 특히 이렇게 묘지 주위에 표식을 해둔 곳은 꼭 찾아오리라 믿고 있습니다."

관리인은 묘소의 관리가 시청이고 자기들은 그 아래에서 관리를 잘하고 있다는 것을 강조하였다.

"그렇군요."

석규는 묘지 관리인에게 고맙다는 표시를 하였다.

"함부로 파묘도 하기 어렵습니다. 선생님처럼 몇십 년 방치된 묘지라면 몰라도요. 사람들은 조상을 찾게 되어 있으니……"

묘지 관리인은 계속 자기들이 잘했다는 듯 말했다.

"그렇군요."

벌써 속옷까지 땀으로 온통 젖어 있었다.

"명절이 되면 이곳 윗자리는 저희가 벌초를 하고 잔디도 관리를 합니다. 1년에 두 번이죠."

관리인은 뒤를 돌아보며 말했다.

"고맙습니다."

"비석은 없었지만 하얀 주먹돌로 주위를 둘러놓은 묘지라서 어떤 사연이라도 있는 것으로 알고 있었습니다. 그 표식이 있어 언젠가 꼭 찾으러 온다는 확신도 있었고요."

묘지 관리인은 자꾸만 이야기를 했다.

"그 표식 때문에 저도 찾을 수 있다는 희망을 가지고 이렇게 왔습니다. 여기에 장사를 지내신 고마우신 분께서 이렇게 하였답니다."

"비석은 형편대로 알아서들 하시는데 거의 모든 묘소가 저렇게 자기의 이름을 하고 있잖아요. 비석은 곧 묘지의 이름표요."

묘소 앞에는 안식처의 명함이 제각각의 모양으로 수인번호처럼 적혀 있었다.

묘지 관리인은 비석이라도 세우라는 뜻이었다.

"미안하군요."

관리인을 따라가며 고맙기도 하고 미안하기도 하였다.

"윗부분의 묘소는 주인이 없는 묘지가 많습니다. 오래되었고 또 공동묘지가 처음 들어섰을 때 생겨난 묘지들이라 그렇지요."

숨이 막힐 정도로 무더웠다. 하지만 앞서 걷고 있는 관리인은 아무렇지 않다는 듯 일상처럼 앞서 걸었다.

"여깁니다."

공동묘지 맨 윗자리에 초라한 무덤이 있었다. 묘지 주위에는 지금도 주먹돌들이 묘지의 경계석처럼 무덤 주위에 둘러 있었다.

묘지를 바라보고 서 있으니 아버지를 앞에서 보는 것 같아 눈물이 핑 돌았다.

석규의 슬픈 표정을 바라보던 관리인이 말했다.

"저는 먼저 내려가겠습니다. 필요한 것이 있으면 저 아래 사무실로 연락주십시오."

"아닙니다. 잠시만 기다려 주십시오."

석규는 안주머니 지갑에서 오만 원을 꺼내 쥐어 주었다.

"이러시면 안 되는데."

묘지 관리인은 그 말을 하고는 슬그머니 자기 주머니에 돈을 넣었다.

"여기에 저 분들처럼 비석을 세우려면 어떻게 해야 합니까?"

옆에 비석이 세워진 묘지를 가리켰다.

"오십만 원입니다. 여기서는 그 가격이 공정가격입니다.

모두 그렇게 받고 비석을 세웁니다. 그 돈과 돌에 새길 문구
만 주면 저희들이 알아서 다해드립니다."

"그래요. 그럼 내려가 계십시오. 내려가며 제가 들르겠습
니다."

"알았습니다."

퉁명스럽던 묘지 관리인은 상냥하게 변해 있었다.

그 말을 듣고 묘지 관리인은 서둘러 아래로 내려갔다.

평평한 주먹돌 한 개를 가져와 묘지 앞에 놓고 소주잔을
그 위에 올려놓고 술을 따랐다.

"죄송합니다. 변명 같지만 알 수가 없었습니다. 너무 오래
된 일이고 이곳에서 아버지께서 누워 안식하고 계실 줄은 꿈
에도 몰랐습니다."

그 말을 하고 그간 자신에게 있었던 일들을 하나하나 말했
다. 마치 앞에 있는 사람에게 그간 있었던 일들을 고하듯했
다.

긴 시간이 흘렀다. 때론 진지했고 때론 슬픔에 못 이겨 울
기도 했다. 보고서를 낭독하는 것처럼 말을 하고는 옆에 있
는 바이올린 케이스를 열었다. 햇빛이 누워 있었다.

석규는 눈물을 닦고 바이올린을 꺼내 연주를 시작하였다.
아버지가 연주하라고 유언처럼 말했던 곡이었다. 후원자이
신 앙리가 말했던 그 장송곡이었다.

먼저 고음으로 활을 그었다. 긴 잠에서 깰 수 있는 고음이

라 생각되어 그렇게 하였다.

정신을 가다듬으려 먼저 고음의 소리를 냈던 것이다. 다음으로 부드럽게 아 목동아를 켜기 시작했다.

많은 무덤 속 사람들이 그 모습을 바라보는 것 같았다. 눈을 감았다. 음악의 선율을 타고 유령들이 음율에 맞게 말없이 서성거렸다. 서성거리던 유령들이 어느 땐 소리를 질렀다. 사람들은 아무도 볼 수도 없고 들을 수 없는 소란스러운 유령들의 모습이었다. 남루한 복장의 사람이 절름거리는 걸음으로 다가왔다가 다시 공중으로 튀어 올랐다. 그럴수록 석규는 손을 떨었다. 음에 바이브레이션을 주고자 한 것이었다. 어느 때부터인가 이름도 없는 오래된 무덤에서 유령들이 일제히 일어서기 시작하였다. 가끔씩 음악에 취해 서로 다른 모습으로 음악을 즐기고 있었다. 더욱 깊게 음을 파냈다. 누구 하나 돌보지 않는 묘소들에서 일제히 유령들이 무덤을 열고 밖으로 뛰쳐나왔다. 그들을 위로하는 음을 천천히 부드럽게 하였다. 작은 바이올린의 F홀에서 그때만큼은 한없이 부드러운 음들이 흘러나왔다.

한동안 그렇게 정신없이 연주를 하다가 손을 멈췄다. 누워 있던 햇볕의 알갱이들이 한꺼번에 우수수 무덤 위로 쏟아져 내렸다. 이마에는 마치 수돗물을 틀어 놓은 듯 땀이 흘러내렸다.

그때였다. 멀리서 떨리는 음성이 들렸다. 그 음성은 마치 첼로의 음성처럼 부드러우면서 정겹게 들렸다. 유년에 들었던 목소리였다. 아버지였다.

무릎을 꿇고 아버지를 불렀다.

"아버지."

두 눈에서 눈물이 지하수처럼 쏟아졌다.

"그래, 사랑한다."

아버지도 눈물을 흘리고 있었다.

"저는 아무것도 없었습니다. 머나먼 타국 땅에서 저와는 너무도 다른 사람들 틈에서 살았습니다."

갑자기 선우가 떠올랐다.

근본도 모르는 사람과는 더욱 친하게 지내지 말 것을 명령한 선우 어머니의 모습도 떠올랐다.

"제가 한없이 부끄러웠던 사실도 있습니다."

"나는 다 알고 있다."

아버지의 얼굴도 침통해 하고 있었다.

"저는 그때 아버지께서 돌아가신 것을 몰랐습니다. 단지 사람들이 몰려오면 꼭 이 곡을 연주하라고 하신 그 말씀만 생각하고 있었고 사람들이 몰려들자 저는 그 곡을 연주하였습니다. 그때 아버지는 떠나셨고 아버지가 말씀하신 대로 저를 후원하실 분을 그 자리에서 만났습니다."

"그래, 넌 훌륭하게 자란 것이야."

아버지는 그 말을 하고 바라보고 있었다.

"아버지 저 잘 자랐지요."

"잘 자랐지. 수고했다."

묘지를 내려오며 아버지가 잘 가라 손을 흔드는 것 같아 몇 번이고 뒤를 돌아보았다. 아버지는 아버지의 묘지 위에서서 석규가 내려가는 모습을 지켜보고만 있었다.

하늘에는 별이 하나둘 눈을 뜨고 있었다. 일찍 나온 달도 정중앙에 위치해 자리를 잡았다.

석규는 팔뚝으로 눈물을 훔치며 공동묘지를 내려왔다.

어둑어둑하였지만 그때까지 묘지 관리인은 조그만 사무실에 쭈그리고 앉아 기다리고 있었다.

"이제 오시는 군요."

묘지 관리인이 다가오며 말했다.

"오랜만에 아버지를 뵈었습니다."

정중하게 고마움을 표시하였다.

"비석을 어떻게 할까요."

묘지 관리인은 비석 문제로 그때까지 남아 있다는 것을 말하는 것 같았다.

"이렇게 적어 주십시오."

묘지 앞에서 적은 종이를 내밀었다. 그 종이에는 아버지의 이름과 아들의 이름이 적혀 있었다.

묘지의 비명에는 '자유를 갈망하며 평생을 사신 아버지 별똥별 하나를 내려놓고 이곳에서 영면에 들다. 아들 김석규.'

"이렇게만 하면 됩니까?"

종이를 본 묘지 관리인이 말했다.

"예. 아직은 저 말고는 아무도 없습니다. 아들 김석규 아래
에는 공간을 두어야 합니다. 한 분을 더 새겨넣어야 하니까
요. 그때 알려드리겠습니다."

"그렇군요."

묘지 관리인은 그 말을 하고는 종이를 주머니에 접어 넣었
다.

"비용은 어떻게 하지요."

"비용은 제가 곧 통장으로 지불하겠습니다."

그렇게 말하자 묘지 관리인이 통장번호가 적혀 있는 명함
을 건네주었다.

"이리로 보내주세요. 명함이라도 주시면 비석을 세우고 연
락드리겠습니다."

"고맙습니다."

석규는 명함을 건넸다.

"교수님이시군요."

명함을 받아들고 한차례 바라보았다.

"예."

"잘 알겠습니다. 연락드리지요."

그렇게 말하고 어둑어둑한 공동묘지를 내려왔다.

걷는 동안 밤이슬이 걷어차여 별들이 슬프게 내려다보며

눈물을 흘린 것 같았다.

익산역으로 가는 길은 마음이 편하였다.

아버지를 만나보고 왔다는 것도 좋았지만 한 번도 누구에게 말하지 못했던 이야기를 다했다는 후련함 때문에 더욱 그랬다.

대부분의 사람들은 아무것도 없다는 것이 얼마나 고독한지 모를 것이었다.

고아라는 것 때문에 선우 부모에게도 멸시당했던 것을 기억했다.

그러나 이제는 아버지가 있었다. 멀지 않은 공동묘지에 아버지가 누워 있다는 것만으로도 쓸쓸한 마음이 사라지는 것 같았다.

연구실에 와서도 공동묘지에 누워 있는 아버지를 종종 생각하였다. 마음이 든든하였다.

학교에서는 온통 선우에게 어떻게 하면 마음이 편할까 고민만하며 지냈다. 선우를 면회하고 나서 갇혀 있는 모습을 보자 그 생각이 더욱 절실하였다.

이 상태로는 음악을 계속할 수는 없었다. 첼로의 소리가 어색하다는 것을 알았기 때문이었다.

아무튼 결론은 저렇게 선우를 방치해 둔다는 것은 사람으로서 할 일이 아니라고 생각하였다.

8

승희는 유학준비로 분주하였다.

"학교는 결정했나요?"

연구실로 찾아온 승희는 말을 하려다 머뭇거리고 있었다. 아마 아를에서 있었던 일 때문에 서먹서먹해서일 거라 생각해서 미리 말했다.

"네. 교수님이 말씀하셨던 성악의 본고장인 이태리로 결정했어요."

겨우 그 말을 하였다.

"그곳은 성악의 본고장이니까요. 잘했습니다. 프랑스에서도 성악을 하려면 이태리어로 해야 합니다. 그것이 어떤 룰처럼 존재하고 있어요."

얼굴을 바라보자 수줍은 듯 얼굴을 붉혔다.

"실기 테스트를 할 텐데……"

음악대학의 절차를 모르는 것 같아 승희의 의도를 살폈다.

"네 이번 여름방학에 현지로 가서 테스트를 받아야 합니다. 서류전형은 일단 합격하였습니다."

입학 합격증을 내밀었다.

"준비를 잘해야 합니다. 그만한 실력이면 실기는 충분하긴 한데."

그 말을 하며 합격증을 보았다. 합격증에는 서류전형은 합격하였고 실기시험이 있다는 내용도 있었다.

"교수님께 하지 못한 말이 있어서 이렇게 찾아왔습니다."

그때부터는 당당하게 말했다.

"어떤?"

아를에서 있었던 일들을 기억하고 모르는 척하였다.

"아를에서 있었던 일은 저의 진심이었습니다. 순간의 감정으로 교수님을 유혹해 보려고 했던 것은 아닙니다."

자신이 가지고 있는 생각을 있는 그대로 말하는 학생이라는 것을 알고 있었다.

"잘 알고 있어요."

걱정 말라는 듯 승희를 바라보았다.

"그것 때문에 늘 마음이 편치 않았습니다."

그 말을 하고 얼굴을 붉혔다.

"진심이라는 것을 저도 잘 알고 있었어요. 제가 문제죠."

사랑하고 있으나 절제하고 있다는 것을 알려 주었다.

"고맙습니다."

진심으로 고마워하는 표정이었다.

"이탈리아로 가려면 준비할 게 많습니다. 궁금한 일이 있으면 언제든 찾아오세요."

뭔가 하지 못한 말이 있어서 우물쭈물하는 승희의 모습을 살폈다.

"네."

승희답지 않게 여전히 수줍어하는 눈치였다.

"결과가 좋았으면 합니다."

더 이상 할 말이 없게 잘라 말했다.

"고마워요. 교수님 한가지 해 둘 말이 있습니다."

어렵게 말을 이었다.

"뭐죠."

"선우라는 그분 말입니다. 이제 잊어야 합니다. 저도 아를에 갔다 와서 생각을 많이 했습니다. 정신병에 대하여도 알아보았고요. 교수님께서 마음에 짐을 지고 사시는 것 같아 늘 걱정했습니다."

승희는 진정으로 석규를 생각해서 한 말이었다.

"그랬어요."

사무적으로만 대답해야 한다는 것을 잘 알고 있었다.

"결론은 그 병은 완쾌하기가 힘들다고 합니다."

어렵게 말을 하였다.

"저도 그쯤은 알고 있습니다."

승희를 바라보았다.

"너무 죄책감에서 살고 계신 것 같아서요."

승희는 여전히 어려운 말을 한다는 듯 위로하며 말했다.

"생각해 주니 고맙군요."

"교수님, 꼭 성공해서 돌아오겠습니다."

어렵게 말하다 비장한 모습으로 바뀌며 석규를 바라보았다.

"그렇게 해야죠. 성품이 좋아 꼭 그렇게 될 것입니다."

석규는 사무적으로만 대답하기 바빴다.

"부탁이 하나 있습니다."

잠시 생각하던 승희가 말했다.

"뭡니까?"

"절 한 번만 안아 주세요."

당돌하게 그 말을 하고 승희는 다가와 방긋 웃어 보였다.

"그래요."

승희는 강한 것 같으면서도 연약한 학생이었다.

한동안 승희를 품에 안았다. 숨소리가 약하게 귀에 들렸다. 조금은 떨림이 있는 숨소리였다.

아틀에서는 머리를 어깨에 기대고 안아 주기를 기다렸지
만 여기에서는 적극적으로 말했다.

책들이 꽂혀 있는 책장을 바라보았다.

승희의 숨소리가 떨리는 만큼 수많은 책들이 우수수 쏟아
져 내리고 있었다. 한동안 한 마리의 작은 새처럼 꼭 안겨 있
었다.

"교수님, 사랑했습니다."

목소리는 떨렸으나 단호했다.

석규도 사랑스런 제자이기보다는 연인으로 생각하고 있었
지만 최대한의 절제를 하고 있었다.

"나도 사랑스런 우리 승희를 보고 감정이 없었겠어. 하지
만 나로 인해 불행해진 선우를 생각하지 않을 수 없었네. 선
우가 정신병원에 있다는 것을 알고부터는 더욱 내 잘못이라
는 생각을 많이 한다네."

승희에게 울타리를 치듯 말했다.

"이제는 잊어야 해요. 제가 교수님을 꼭 안아 줄게요. 그리
고 그 쓸쓸하고 고독했던 나날들을 다 녹여 드릴게요."

들릴 듯 말 듯 조그맣게 말했다.

"이제 고독한 순간들이 많이 있을 거야. 이국땅에서 죽음
과도 같은 고독이 몰려들 거야. 그 고독을 인내하며 정진해
야 되는 거야. 그래야 견딜 수 있어. 그때 내 곁에는 아무도
없었어. 빈센트만큼 고독했지."

승희의 야릇한 향기를 맡으며 조그맣게 말했다.

"네. 알겠어요."

자꾸만 숨길이 거칠어가는 승희를 안고 조용하게 다독여 주었다.

한시도 그때 론강 가에 앉아서 별을 바라보던 승희의 눈동자를 잊을 수가 없었다. 호수를 닮아 있던 눈동자 안에는 수많은 별이 담겨져 있었다.

그날 한밤중엔 빈센트 반 고흐의 그림처럼 은하수가 운행하는 코발트색 하늘과 그 아래에는 마치 고독처럼 강물이 그 하늘을 모두 담고 있었다.

선우도 그 밤을 좋아하였고 승희도 하늘과 강물을 바라보며 아기처럼 좋아하였다.

한동안 안겨 있던 승희가 마치 올무에서 벗어나는 새처럼 떨어졌다.

"사랑했습니다. 아를도 잊지 못할 것 같고요. 론강 가는 정말 잊을 수 없습니다. 저도 이제 이곳을 떠납니다. 교수님께서도 건강하시길 기도 하겠습니다. 그리고 제가 학업을 마치고 돌아오는 날 오늘을 잊지 말아 주셨으면 합니다. 꼭 그날을 기다리겠습니다."

눈가에는 어느새 진주 알갱이 같은 눈물이 흘러내렸다.

"그래, 열심히 최선을 다 하세요."

그말밖에 더는 할 말이 없었다.

승희가 떠나고 연구실 안에서 생각 없이 책을 뒤적였다. 그때 무의식적으로 꺼내든 책이 뒤마피스의 동백부인이었다.

"그래 승희는 꼭 성공을 할 거야. 라트라비아타에서 프리마돈나도 잘 해냈으니까."

눈을 감았다. 라트라비아타의 선율이 귀에 들리는 것 같았다. 그리고 승희가 용감하게 프리마돈나가 되어 부르던 곡들이 이명처럼 따라다니고 있었다.

며칠이 지나 승희는 교정에서 사라졌다. 학생들은 승희가 이탈리아로 시험을 보러 떠났다고 하였다.

승희가 떠났다고 생각하니 교정이 텅 빈 것 같았다. 책꽂이를 바라보니 책들 사이로 승희와 선우가 겹쳐 보이는 것 같았다.

선우가 있는 정신병원으로 가봐야 겠다고 생각하고 자리에서 일어섰다. 병원으로 가는 동안 선우를 그 지겨운 병원에서 꺼내 줄 방법을 연구하였다.

날씨는 무더웠다. 넓적한 나뭇잎들이 강아지 귀처럼 늘어져 있어 한여름의 무더운 햇볕을 대변하고 있었다.

병원으로 들어서자 마당 가장자리에 플라타너스나무가 시원하게 보였다. 선우가 그곳에서 첼로를 켜주던 그 나무였다.

괴기스럽게 가지를 뻗어 올린 나무는 한없이 하늘로 오르며 태양을 응시하고 있었다.

원무과에 들러 면회신청을 하였다. 면회신청을 하며 선우에게 면회를 오는 사람이 많은지 여쭈어 보았다.

"여기에 입원한 환자들의 보호자들은 처음 몇 개월은 빈번하게 찾아오지만 시간이 지남에 따라 그 횟수가 눈에 띄게 줄어듭니다."

간호사는 석규를 살피며 조심스럽게 말했다.

"선우도 그렇습니까?"

간호사를 똑바로 바라보았다. 모든 어려움을 초월한 사람 같았다.

"네. 지난번에 오빠라는 사람이 찾아왔다가 그 이후론 아무도 찾아오지 않았습니다."

간호사는 마치 보호자들이 의무를 다하지 않는다는 뜻으로 말했다.

"저는 선우의 선배 되는 사람입니다."

누군지 묻지는 않았지만 그가 궁금한 듯 바라보고 있어 간호사를 똑바로 바라보고 말했다.

"음악을 하시는 교수님이시죠."

간호사는 몇 마디 말을 하더니 곧바로 잘 알고 있다는 듯 말했다.

"예."

"지난번 오셨을 때 알았고 선우가 교수님을 위해 첼로를 연주했던 기억이 납니다."

"그렇군요."

"이곳에서는 그리 흔한 일이 아닙니다."

간호사는 잘 기억하고 있다는 듯 말했다.

"그래서 여기에 있는 의사 선생님과 간호사들 입에서 한동안 그 이야기가 회자가 되었지요."

간호사와 이야기하고 있을 때 선우가 나왔다.

선우의 표정은 밝았다. 선우와 플라타너스나무 그늘로 천천히 걸어갔다. 처음 만났을 때와는 달리 선우의 얼굴에는 미소가 떠나지 않았다.

"그때의 아를이 눈에 선합니다. 그때가 저에게는 황금기였죠."

선우는 체념한 듯 홀가분하게 말했다.

"얼마 전에 일 때문에 아를에 갔었네."

"음악회라도 있었나요."

선우가 음악을 아직 잊지 않고 있다는 방증이었다.

"그것보다 후원자님을 뵈었거든."

뜸을 들이다 겨우 그말을 하였다.

"그렇게 찾으려고 애를 쓰시더니 드디어 만나셨군요."

선우는 잘됐다는 듯 좋아했다.

"라트라비아타 무대에 때 초대했는데 그곳에서 돌아가셨네."

그 말을 하고 표정이 어두워졌다.

"그런 일도 있나요."

선우는 안타까워하였다.

"오랫동안 병에 시달렸다더군."

그 말에 선우는 고개를 숙였다.

"왜 그렇게 하고 있나?"

"선배 주변에 아직도 즐거운 일이 생기지 않아서지요."

선우는 진심으로 걱정해 주는 것 같았다.

"너무 걱정하지 말아. 나는 선우가 걱정이야. 병을 털어내고 음악을 계속해야지."

"그게 쉽게 되겠어요?"

선우는 그 말을 하고는 숨을 크게 내쉬었다.

"여기 이 나무 생각나세요?"

그 말을 하고 플라타너스나무를 올려다보았다.

"그럼. 음악학교에 있던 그 플라타너스."

"그래서 전 종종 이곳으로 와 첼로를 켜곤 해요. 그때를 생각하면서 말입니다."

지난번에 첼로를 켰던 선우를 생각했다. 선우는 그때 첼로를 켜고는 안정된 상태가 변하였다.

잔디 광장엔 녹색 윤기가 흘렀다. 잔디 광장을 가로질러 선우와 둘이서 걸어갔다.

조그만 나무 벤치에 선우와 석규가 나란히 앉아 잔디 광장을 바라보고 한동안 아무런 말도 하지 않았다.

"오페라 공연에 가보지 못해 죄송해요."

어쩔 수 없었다는 것을 말하는 것 같았다.

"뭔 일 있었나?"

"이곳에서는 자유의 몸이 아닙니다. 혼자서 어떻게 할 수가 없죠."

오고 싶어 했던 선우를 알 것만 같았다.

"그랬군."

"선배. 이제 이곳으로 찾아오지 말아요."

겨우 그 말을 한 선우의 얼굴이 슬퍼 보였다.

"이렇게라도 봐야 내 마음이 편해서……"

선우의 얼굴을 바라보며 겨우 그 말을 하였다.

"이제 저를 잊어요. 저는 이곳이 편하고 좋아요. 선배를 보고나면 제가 너무나 비참해져요."

그 말을 한 선우는 슬픈 표정을 하였다.

"난 지금도 선우와 아를 강가의 약속을 기억하고 있어."

아를에서 있었던 선우와의 일들이 스크린의 한 장면처럼 떠올랐다.

"하지만 제가 이렇게 되었는데……"

선우도 그 말을 하고 아를에서 있던 일들을 기억하는지 잠시 생각에 잠겼다.

"아니야. 난 지금도 그때와 같아. 아직도 변한 것은 없어."

　그렇게 말하자 선우의 표정이 밝아졌다.

　간호사는 선우가 많이 안정되었다고 했고 관리만 잘하면 안정된 상태로 살 수 있다고 말했다.

　"이 병은 완쾌가 힘들어요. 여기서 그런 걸 교육받고 있지요. 그 교육들은 어찌 보면 이제 지난 과거를 다 잊고 살라는 교육 같았지만."

　선우는 주저리주저리 교육받은 이야기를 해주었다.

　"그래도 항상 난 기다리고 있어."

　자신을 비관하고 있는 선우에게 위로를 하였다.

　"이제 과거는 모두 잊어요. 전 예전의 선우가 아닙니다."

　그 말을 하고 선우는 끝내 울음을 터트렸다.

　선우의 등을 쓸며 위로하였다.

　지금의 선우는 연약한 한 마리의 새와 같았다.

　"요즘 병실에서 선배가 말해 주었던 검정방울새 이야기를 종종 생각해 봅니다."

　'어미방울새가 먹이를 구하러 간 사이 새끼방울새가 없어져 찾았더니 새끼방울새가 사람에게 잡혀갔다는 소식을 들었고 사람이 살고 있는 집으로 찾아간 어미방울새는 새장에 갇혀있는 새끼방울새를 발견하게 되었다는. 어미방울새는 고심 끝에 새끼방울새에게 먹이를 가져다주었는데 그 먹이가 독초였다는 것과. 어미방울새는 독초를 먹고 죽어가는 새끼방울새를 보고 애야 자유가 없다는 것은 죽는 것보다 못한 것이란다.' 라고 이야기했던.

그 말을 하고 눈물을 흘리고 있는 선우를 바라보기만 하였다.

언젠가 프랑스에서 고민하는 선우에게 자유라는 것은 이런 것이라며 레오나르도 다빈치가 말한 이야기라며 말해준 바 있었다.

선우를 바라보고만 있던 석규도 그만 눈물을 흘렸다.

둘은 한동안 부둥켜안고 울었다. 선우는 그동안의 일이 서러운지 눈물을 참지 못하고 소리 내어 울었다.

"미안하다. 내가 이렇게 늦게 찾아와서."

겨우 그 말을 하고 선우의 눈물을 닦아 주었다.

"여긴 죽고 싶어도 죽지 못하는 곳입니다. 죽을 방법이 없는 곳이기도 하죠. 늘 감시하는 사람들이 있고……"

그 말을 하면서 계속하여 눈물을 흘렸다.

"이제 우린 같이 살아가야 하는 거야. 선우가 프랑스에서 나를 위로했듯 나도 이제 선우를 위로해 줄게."

선우는 석규의 품에 안겨 한동안 서럽게 눈물을 흘렸다.

"이제 저를 잊어야 합니다. 이 말은 저의 진심입니다. 이병은 사람의 인간성을 상실하게 만드는 병입니다."

겨우 그 말을 하였다.

"아니야 나를 기다려줘 그리고 믿어줘."

선우를 안고 위로하였다.

9

　연구실에 들어오자 프랑스에서 초대장이 도착해 있었다. 항공우편이라 프랑스에서 온 것을 알았다.

　초대장을 펼쳐보니 미술전시회 초대장이었다. 내용은 부부합동전시회로 후원자이신 앙리와 그의 부인 마리의 전시회였다. 장소는 지금 마리가 혼자서 작품 활동을 하고 있는 아를의 국립사진학교였다.

　아를의 후원자이신 앙리의 영지를 생각해 보았다. 햇살이 투명하게 비치던 그 무덤 위에 마리는 앙리의 유언이라며 붉은 샐비어꽃를 심었다. 멀리서 보면 확연하게 보이는 붉은 샐비어꽃이 마치 불타는 태양의 속살처럼 보이기도 했다.

어머니인 마리의 그림이 어떤 그림인지 보고 싶었다. 그동안 아를에서 후원자님은 어떤 그림을 그리고 사셨는지도 궁금하였다.

문득 창밖을 바라보고 서 있다가 선우가 생각났다. 그때부터 선우와 아를을 같이 갈 수 있다면 어떨까 하는 생각이 머릿속을 꽉 채워졌다.

그때 선우를 담당하는 간호사는 현대의학이 진화했어도 정신병은 완쾌되기 어렵다고 했다. 그 말미에 지금은 약이 발달하여 투약으로 당뇨병이나 고혈압과 같이 관리하는 병이라고 말하고 거두어 줄 사람이 없는 선우를 측은한 눈으로 바라보았다.

'그래. 40미터 물속에서 3년이나 갇혀 있는 이만 톤 규모의 세월호도 통째로 건져 내는 시대인데 이런 병쯤이 두려울 게 뭐 있겠어.'

석규는 마음속으로 긍정적인 생각을 하자며 뉴스마다 소란스러운 세월호를 생각했다.

선우의 부모나 그의 오빠에게 허락을 받을 필요가 있는지 생각해보다가 정호에게 전화를 걸었다.

전화기 저편에서 어떤 말을 할지를 짐작하고 있는지 정호의 목소리가 떨렸다. 면회할 때 선우는 가족도 저를 포기했다고 말하고 곁을 떠나줄 것을 진심으로 말했었다.

"선우한테 다녀왔습니다."

그 말을 하며 정호가 어떤 말을 하는지 기다렸다.

"고맙습니다. 저도 지난번에 면회를 했기 때문에 잘 알고 있습니다."

정호는 의외로 담담하게 말했다.

"선우를 데리고 외국을 다녀와야겠는데 선우가 승낙하면 데리고 갈 수 있는지요?"

조심스러웠다.

대개의 경우 보호자들은 자기들이 환자에 대한 의무도 하지 않으면서 누군가 돕겠다고 하면 뿌리치는 경우가 종종 있다는 이야기를 병원에서 들었기 때문이었다.

"의사와 상의를 해보아야 할 것입니다. 그간 퇴원도 여러 번 했었고 매번 재발하여 다시 입원했습니다."

정호가 먼저 걱정하고 있었다.

"네. 한번 병원에 다녀와서 결정은 제가 하면 되겠지요."

마치 선우를 이제부터는 책임지겠다는 듯 말했다.

"저희는 고맙지요."

석규는 선우의 상태에 대하여 의사와 협의하고 데리고 가겠다는 결심을 하였다.

'어떤 트라우마가 선우의 마음속에 옥죄고 있는지 가까이서 찾아봐야겠어. 그게 지금 나로서는 선우에게 최선을 다해주는 것이니까.'

전시회 시간도 얼마 남지 않았기 때문에 서둘러야 했다.

석규는 곧장 병원으로 갔다.

간호사는 면회한 지 얼마 되지 않아서 다시 찾아온 석규를 보고 의외라는 표정을 하였다.

"선우를 담당하는 의사 선생님을 뵙고자 합니다."

간호사에게 수인사를 하고 더 이상 생각해 볼 것 없이 말했다.

"왜 그러시는지요."

간호사는 의심스러운 표정을 하였다.

"선우가 지금 상태로 외국여행을 할 수 있는지 알고 싶어서입니다."

간호사도 그 말에 서둘렀다.

"외국에요? 잠시만 기다려 주십시오."

간호사가 놀라는 표정으로 한동안 바라보았다.

의사를 기다리는 동안 로비에 앉아있었다. 병원 로비에는 부자연스럽게 무언가 생각에 잠겨 있는 사람들이 복도를 왔다 갔다 걸어 다녔다. 그들은 모두 병이 호전되었다 생각되는 사람들이라 병원에서는 일정한 장소를 정하여 자유롭게 행동해도 된다고 허락한 사람들이었다.

희뿌연 긴 복도를 걸어 다니는 사람들의 부자연스러운 발걸음이 마치 진공 속을 걸어 다니는 우주인들처럼 보였다.

누군가와 이야기하며 걸어 다니는 사람도 있고 석규를 낯선 사람으로 취급하며 이상스런 눈동자로 바라보곤 하는 사람도 있었다.

 사람들은 긴 복도 끝에서 끝을 오갔다. 복도 끝으로 나 있는 사각의 창에서 눈부신 햇살이 은실을 뿌려대고 있었다.

 은실을 뿜어대는 복도 끝 창을 바라보았다. 사람들은 마치 어디론지 다른 세상으로 빠져나갈 수 있는 통로라도 되는 듯 복도 끝으로 가 밖을 한번 내다보고는 갈 수 없는 한계라 판단되는지 다시 발걸음을 돌렸다. 그 모습을 바라보니 한없이 우울하였다.

 선우도 환우들과 같이 이런 생활을 하고 있는지 궁금했다. 우선 만나서 희망을 갖고 세상을 살 수 있도록 하는 데 주력해야겠다 생각하고 있던 차에 간호사가 다가왔다.

 "선생님, 의사 선생님이 오셨습니다."

 간호사가 상냥하게 말했다.

 간호사의 안내로 의사의 진료실로 들어갔다.

 "선생님. 지난번 선우를 찾아 오셨던 그분입니다."

 간호사가 간단하게 의사에게 소개를 하고 나갔다.

 "지난번에 오셨다는 소식을 들었습니다. 저희 병원에서는 간호사들과 담당 사회복지사들이 정례적으로 환자에 대한 치료에 도움이 되는 이야기를 합니다. 그래서 선생님을 잘 알고 있었습니다."

 의사는 상세하게 말했다.

 "선우가 지금 앓고 있는 병이 어떤 병입니까? 건강하던 선

우가 왜 이렇게 되었는지 전 이해가 되질 않아서입니다. 그
리고 치료는 되지 않는 병입니까?"

마치 치료가 되지 않는 것이 의사의 책임이라는 듯 말했
다.

"어떤 일이 있어서 갑자기 병이 드러난 것이 아닙니다. 그
동안 축적된 심리적인 문제나 심리적으로 약하게 태어난 것
때문일 수도 있습니다. 꼭 '이것 때문이다.' 라고 가정할 수
는 없는 겁니다."

의사는 그렇게 말했지만 태연하게 말하며 병으로 인하여
죄책감을 갖지 말라는 것 같았다.

"아직 현대의학으로는 원인을 발견하지 못한 것인가요?"

의사의 말을 확인하듯 말했다.

"그런 건 아닙니다. 단지 도파민과 세레토닌이라는 신경전
달물질에 대한 가설들이 있긴 합니다. 그러나 그 신경전달물
질이 왜 생성이 되었는지에 대하여는 밝혀지지 않았습니다."

의사는 자세하게 설명하였다.

"그렇군요."

그렇게 말해놓고 잠시 생각하였다.

"그럼 선우의 지금 상태는 어떤지?"

절망적인 상황에서 잡을 수 있는 뭔가가 있는지 말했다.

"상태라는 말은 막연한 겁니다만 오늘도 오전 회진 때 보
니 많이 안정이 되어 있는 상태였습니다. 이곳에 있는 환자

들은 거의 대부분 안정된 상태에서 지냅니다. 외부에서 흔히
들 말하는 그런 상태는 드물지요."

환자를 위하여 최선을 다하고 있다는 듯 말했다.

"퇴원도 가능한 겁니까?"

우선 잠시 동안이라도 퇴원이 급했다.

"그럼요. 퇴원하여 관리만 잘하면 일반사람들과 어울려 사
는 데는 지장이 없습니다."

의사는 아무렇지도 않게 말했다.

"이달 중에 외국에 데리고 나가볼까 하는데 괜찮을까요?"

"그럼요. 현재로는 아무 문제가 없습니다."

의사는 그 말을 해놓고 뚫어져라 바라보았다. 석규는 의사
의 시선을 피했다.

"선우는 가끔 천사와 대화를 합니다."

의사는 환청을 듣는 것을 말하고 있었지만 모르는 체하였
다.

"천사와요?"

"그렇습니다."

별게 아니라는 듯 말하고 환하게 웃었다.

"어떤 대화를 합니까? 천사가 있습니까?"

의사가 말하는 증상에 대하여 자세하게 물었다.

"그럼요. 선우에게만 존재하니까요."

의사는 늘 있어온 것처럼 태연하게 얼굴에 미소까지 띠며

말했다.

"그럴 리가요."

의사의 말을 이해하지 못했다.

"사람들은 환청이라고 말합니다. 하지만 저는 그것을 천사들의 소리라고 말하죠."

수긍을 하지 않자 의사가 병에 대한 증상을 아무렇지 않게 말했다.

"그렇군요."

그때서야 선우의 증상을 확실히 알았다는 듯 말했다.

"선우의 가정환경은 괜찮은 편이군요. 여기서 가정환경을 경제적인 측면을 고려하며 말씀드리는 겁니다."

의사는 선우의 차트를 바라보며 말했다.

"전 그런 걸 잘 모릅니다. 다만 선우와는 프랑스 유학할 때 만났습니다. 그때 우린 결혼을 약속했었죠. 부모님의 반대가 심하였지만."

프랑스에서 있었던 일을 솔직하게 말했다.

"부유한 집안의 사람들은 이 병에 걸리면 몇 년은 열심히 치료를 하다가 누가 알까 봐 폐쇄병원에 입원시키고 내박치곤 합니다. 선우도 그런 쪽에 속해 있고요."

의사는 안타까워하며 말했다.

"그럼 퇴원을 시키고 같이 여행을 가도 괜찮을지?"

"전적으로 환자인 선우가 결정할 문제입니다. 그리고 보호자 중 한사람이 동의하면 더욱 좋고요."

의사의 시원스런 대답에 안심이 되었다.

"외국여행 시 주의해야 할 문제는 무엇인지요?"

"별 문제는 없습니다. 선우의 상태로 봐 지금 퇴원하여 지역사회로 나가 살 수도 있는 상태이니까요. 그러나 여기서 조제해 주는 약은 꼭 드셔야 합니다. 약은 마음을 안정시켜 주는 것이니까요."

대화가 깊어짐에 따라 점점 더 석규를 자세히 살폈다. 의사의 생각은 선우를 보살필 능력이 있는지를 관찰하는 것 같았다.

선우를 면회하기로 하고 진료실을 나왔다. 의사는 석규가 나가는 뒷모습을 보고 한마디 하였다.

"선우를 잘 보살펴 주십시오. 너무나 안타까운 분입니다."

간호사는 로비에서 기다리고 있었다.

환자복을 입고 로비를 걸어 다니고 있는 환자들과 선우가 같은 사람이라는 것이 아무리 생각해도 믿기지 않았다.

"선우가 병실에 있는데 병실 구경 한번 해보시겠습니까?"

간호사가 웃으며 다가왔다.

"그럽시다."

"절 따라 오세요."

간호사는 병실에 연락을 해놓았는지 엘리베이터에 올랐다. 석규도 간호사를 따라 갔다.

"이곳입니다."

병실에는 아무나 들어가지 못하게 되어 있고 입원되어 있는 사람들도 허락이 없이는 밖으로 나올 수 없는 구조였다.

"철망이군요."

투박하지 않게 보이려고 엷은 색을 칠해 놓은 철 구조물이 출입문을 막고 있었다.

"절대 안정이 필요한 환자들이 있기 때문입니다."

병실로 들어서며 철문을 바라보자 간호사가 웃어 보이며 말했다.

"저 안에 선우가 있다니 믿기지 않군요."

"조금만 기다리세요."

간호사는 뭔가 기록하더니 병실 안으로 들어갔다.

병실에서 아무 생각 없이 움직이던 환자들이 간호사 곁으로 우르르 몰려갔다. 간호사는 그들에게 뭐라 말하자 선우가 구석에서 걸어 나왔다.

간호사는 병실을 나오며 환하게 웃어 주었다.

"선우 씨, 면회 잘하고 오세요."

고개를 숙이고 대답도 하지 않았다. 석규가 병실까지 들어온 것에 대한 부끄러움에서였다.

"왜 그래요? 어디 편치 않은 곳이라도?"

"아닙니다."

그때서야 선우가 바라보았다.

"여긴 뭐 하러 오셨어요."

반가운 표정이 아니었다.

"왜? 오면 안 되는가?"

웃으며 말했다.

"그건 아니지만 가족들도 오지 않는 이곳에 뭐 하러 오세
요."

여전히 자신의 기분을 드러내지 않았다.

"오늘은 할 말이 있어 왔어. 플라타너스 그늘로 가서 이야
기를 하지."

냉정하게 말하는 선우에게 겨우 그 말을 하였다.

엘리베이터를 타고 내려오는 내내 선우는 아무 말도 하지
않았다.

녹색 잔디가 깔려 있는 운동장을 가로 질러 플라타너스 그
늘에 있는 나무벤치에 앉았다.

"아를을 생각해 보았는가."

그 말을 하고 선우의 표정을 살폈다.

"프로방스? 그 아를."

아를을 말하자 생각에 잠기는 듯 잔디 운동장을 바라보며
혼잣말처럼 하였다.

"그렇지. 프로방스 그 아를."

선우가 생각할 수 있도록 도왔다.

"매일 그 아를을 생각하면서 살고 있죠. 지금 나로서는 그

것이 살아있다는 증거라 생각하면서 말이죠."

아를을 석규가 생각하고 있는 것처럼 생각하고 있었다.

"그 아를에 같이 가고 싶은데?"

선우의 표정을 살폈다.

"이제 다 지나가버린 꿈이 되었는데 왜 또 아를을 같이 가
요."

가고 싶어도 갈 수 없게 되었다는 듯 말했다.

"생각할 것도 있고 보여 줄 것도 있고 그래서."

진지하게 말하자 의심하지 않고 말했다.

"같이 갈 수 있을까요."

마치 누구의 허락이 필요하다는 듯 말했다.

"선우가 허락하면 갈 수 있는 것이지. 의사 선생님과 방금
전에 만났거든 외국여행도 가능하고 퇴원도 가능하다던데."

"그래요. 절 데리고 거기까지……"

얼굴이 슬픈 표정으로 바뀌었다.

"여행 계획도 세워 놓았고 후원자님의 전시회 계획도 있어
서 같이 갔으면 해서."

"제가 갈 수 있으면 좋겠지만 저 때문에 폐가 되지 않을까
해서입니다."

"그런 걱정은 하지 말고."

"알겠어요. 저도 노력할게요."

선우는 가끔씩 하늘을 버릇처럼 바라보았다. 하늘을 덮고

있는 키 큰 플라타너스 잎 사이로 햇빛이 금실처럼 뿌려대고
있었다.

  그렇게도 의지가 강했던 선우가 병 때문에 기가 꺾여 있는
모습을 보고 안타까워하였다.

  "바람에 햇빛이 반짝거리네요."

  애써 시선을 피하고 있었다.

  "걱정 말아. 그 병은 꼭 치유가 될 거니까. 의사 선생님이
말했어. 선우의 병은 병도 아니라고. 관리만 잘하면 모든 일
을 하면서 살 수 있다고. 이제 곧 우리가 언젠가 찾아다녔던
그 아를에 가게 될 거야. 그곳에서 다시 생각해보자. 처음부
터 다시……"

  자신의 핸디캡 때문에 할 말도 제대로 하지 못하고 있는
선우에게 위로하듯 말했다.

  "그럼 이렇게 손이 부자연스러운데 음악도 할 수 있다던가
요?"

  손을 들어 손가락을 하나씩 움직여 보였다.

  "괜찮은데…… 연습을 하지 않고 예전처럼 음악을 한다는
것은 누구나 힘든 거야."

  손놀림이 부자연스런 것은 사실이었다.

  "음악을 다시 시작해도 된답니까?"

  미덥지 않다는 듯 혼잣말처럼 하였다.

  "그렇다니까."

확신할 수 있도록 하였다.

"다시 할 수만 있다면 전보다 훨씬 더 많은 연습을 해서라도 내 음악을 찾고 싶어요."

"뒤에서 얼마든지 할 수 있게 도와줄게."

그 말을 듣고 행복한 표정을 하였다. 아를 론강 가에서 보았던 그 표정이었다.

"이제 조금만 기다려 꼭 데리러 올 테니."

"알겠어요. 기다릴게요."

그 말을 한 선우는 고맙다는 듯 말을 더 이상 하지 못했다.

"빈센트 반 고흐도 정신병 때문에 요양병원에서 요양을 했잖아. 아무리 병마가 무섭다고 우리의 예술의 혼은 꺾지 못해. 이건 진심이야. 용기를 가지라고 난 선우 옆에서 선우가 좋아질 때까지 기다릴게."

선우의 등을 토닥여 주었다.

"알겠어요. 다시 옛날로 돌아가고 싶어요. 그렇게 되겠죠."

"그럼. 꼭 그렇게 될 거야."

"사실 여기서도 창밖으로 핀 별들을 자주 봅니다. 여기 이 나무가 저 창문으로 잘 보여요. 이 나무 위에 걸려 있는 별들도 많이 있고요. 특히 이 위로 북두칠성이 선명하게 보인답니다. 은하수의 물길 속에 배들처럼. 가끔 저기서서 빈센트의 밤을 생각하곤 하였지요."

그 말을 하고 눈을 감았다. 뭔가 생각하고 있는 것 같았다.

석규는 선우의 생각이 가깝게는 어제 저녁에 본 별들이거나
멀게는 아를 론강 가에서 보았던 그 별 일거라 생각했다.

  헤어질 시간을 알았는지 서운해하는 눈치였다. 석규는 그
런 선우에게 조금만 기다리면 영원히 데리러 온다는 약속을
하고 선우를 병실로 안내하였다.

  간호사들의 미소 속에 다시 병원으로 들어간 선우는 철망
사이로 자꾸만 내다보았다.

  그 모습을 바라보고 발걸음이 떨어지지 않았다. 하지만 꼭
얼마지 않아 찾아오리라 다짐하며 병원을 나왔다.

10

정신병원에 전화를 하여 선우를 담당하는 간호사와 전화를 했다.

선우의 현재 심리상태를 알아보고 곧 선우를 퇴원시켜 외국여행을 떠나겠다고 말했다. 퇴원수속이 길어질까 생각되어 퇴원준비를 미리 해달라고도 부탁했다.

간호사는 밝은 목소리로 자기 일도 아닌데 고맙다는 인사를 몇 번이나 하고 전화를 끊었다.

곧 병원으로 가서 퇴원을 준비하고 있는 선우를 만났다. 의사는 석규가 도착하기만 기다리고 있었다.

선우는 의사에게 간단한 주의사항을 듣고 한 봉지나 되는 약을 가지고 퇴원하였다.

병원에서 곧바로 인천공항으로 갔다. 인천공항으로 가는
내내 선우는 들뜬 목소리로 말했다.

"정말 프랑스로 떠나는 거예요."

믿기지 않은 듯 선우는 그 말을 되풀이하고 있었다.

"그럼. 이렇게 떠나는 거야."

믿기지 않은 듯 되풀이해 말하는 선우를 안심시켰다.

"제 여권도 준비되었나요. 전부 집에 있을 텐데."

여권까지 생각하였다.

"다 준비해 놓았어요."

퇴원하기 전 정호를 만나 선우의 여권도 챙기고 정호가 보
호자로서 직접 정신병원 의사에게 전화까지 해주어 수월하
게 퇴원할 수 있었다.

선우는 마치 연주회라도 떠나는 사람처럼 키 큰 첼로를 등
에 메고 와 짐을 부쳤다.

비행기에 오르기까지 믿기지 않은지 동그랗게 눈을 뜨고
두려운 눈으로 주변을 살폈다.

먼저 파리공항으로 갔다. 긴 시간이었지만 선우는 증상적
으로 문제는 없었다. 14시간 비행기를 타는 동안 휴식도 취
하지 않고 선우를 살폈다. 증상이 되살아나는 것은 아닐까하
는 우려 때문이었다.

파리에 도착하여 시내를 돌아볼 여유가 없어 곧 남프랑스

엑상 프로방스행 고속열차를 탔다. 선우는 오랜만에 프랑스에 왔지만 마치 고향에 온 것처럼 익숙해 있었다.

프로방스로 가는 내내 낯익은 곳을 찾느라 두리번거렸다. 석규는 선우의 혹시 있을 증상적인 변화가 있는지 살피며 선우에게 자꾸만 말을 걸었다. 그때마다 선우는 웃으며 대답해 주곤 하였다. 의사의 말대로 선우는 누구 하나 정신병이 있다는 것을 알 수 없었다.

곧 엑상 프로방스에 도착하였다. 그곳에서 다시 전시회가 열리고 있는 아를로 갔다. 선우도 지역에 익숙한지 차량이 지날 때마다 스쳐 가는 지명을 말하였다.

"오랜만에 프로방스에 왔어요. 영영 못 올 곳으로만 알고 있었는데 이렇게 다시 찾으니 정말 좋아요."

차 안에서 선우는 행복한 표정으로 어깨에 머리를 기댔다. 그런 선우가 예전처럼 사랑스러웠다.

"늘 그랬지만 아를만 보아도 좋아요."

선우는 조그맣게 속삭이듯 말했다.

"이제 자유롭게 어디든 다닐 수 있어. 새장 속에 새처럼 살지 않도록 내가 도울게."

"알겠어요. 저도 노력할게요."

아를의 공기는 맑았다. 햇볕도 투명하여 사물이 선명하게 보이는 것 같았다.

사람들은 프로방스의 아를을 그렇게 말하였다. 백내장을

앓고 있는 사람이 수술하여 처음으로 보는 세상 같다고.

선우는 첼로를 등에 메고 갔고 석규는 짐을 끌었다. 길게 흐르는 론강변을 따라 걸었다.

"론강변 그때 그 저녁이 생각나네요. 수많은 별들이 우리 머리 위에서 반짝거렸지요."

앞서가는 석규를 불러 세우듯 말했다.

"나도 그때를 생각하고 있던 참이었어."

좋아하는 선우를 바라보니 따라서 좋았다.

"저쪽 어디였을 것 같은데 그때는 참 별도 많이 떠 있었지. 마치 쏟아져 내릴 것 같은 별들 지금은 다 어디 있는지……"

"오늘 저녁에도 별은 많이 내려올 거야."

선우는 주변을 두리번거렸다.

"저녁에 이곳으로 올 건가요."

"그래야지 이곳에 왔는데 그 별들을 구경하지 않으면 되겠어."

"고마워요."

"뭐가?"

"이런 거 전부. 지금 꼭 꿈을 꾸고 있는 것 같아요."

"조금 후면 전시회 장소를 갈 건데. 그곳에서 즉흥 연주를 해줘야 되는데 가능하겠어."

"어떤 곡으로 할까?"

"내게 늘 들려주곤 하였던 그 곡 알지."

"자클린의 눈물?"

"그 곡이 좋을 것 같은데."

"그럼 그 곡으로 하겠어요."

"선배도 한 곡은 해야 되지 않겠어요."

"난 준비했지."

"어떤 곡인데."

"아, 목동아."

"그렇게 쉬운 곡을 선택했어요."

"곡의 중간마다 첼로가 받쳐준다면 더할 나위 없이 좋은 화음이 될 텐데……"

석규는 선우를 사랑스럽게 바라보았다.

"그렇게 할게요."

석규와 선우는 돌의자에 앉자 잠시 쉬면서 대화를 하였다.

"먼저 리허설을 해야 하는데 그리로 가서 여기에 왔다고 보고도 해야 하고."

석규는 앙리의 무덤을 생각하였다.

"리허설까지 해야 하나요. 즉흥적으로 해도 부담이 없는 곡들인데."

선우는 자신있게 말했다.

"가까운 곳에 좋은 장소가 있어."

석규는 어떤 생각을 하고 있는지 앞서 걸었다. 선우는 그때부터 말없이 석규 뒤를 따라갔다.

아를의 고대 극장 옆 공원으로 향했다. 그곳에는 석규와 후원자 부인인 마리 그리고 후원자를 알고 있는 화가 몇 명과 함께 후원자의 장례를 치른 곳이기도 했다.

후원자의 묘지엔 지금도 태양이 불을 뿜듯 정열적인 색상인 붉은 샐비어꽃이 불을 뿜고 있었다.

"이곳이 후원자님의 묘소지."

잠시 동안 공연장에서 숨을 거둔 후원자를 생각했다. 그때를 생각하면 늘 허망한 마음뿐이었다.

"이렇게 온통 샐비어꽃을 심어 놓았네요."

붉은 샐비어꽃을 만지며 말했다.

"유언이기도 했고 샐비어꽃을 손수 그의 부인인 마리께서 심었다네."

"유언이 그랬대요."

"고흐의 동상도 저쪽에 있고 그리 비좁은 곳도 아니어서 좋은 곳에 영지를 삼은 것 같아."

영지는 오후의 햇빛이 온통 머물러 있는 곳이기도 했다.

"자 준비하지."

석규는 바이올린을 집에서 꺼냈다.

"이곳이 리허설을 하는 곳이에요?"

선우도 첼로를 꺼냈다.

"후원자님의 유언장에는 내가 6세에 아버지의 장송곡으로 연주했던 그 곡을 듣고 싶다고 하였고 장례를 다 치르고 나서 이곳에서 장송곡으로 '아, 목동아'를 연주해 드렸네."

"그렇군요."

두 사람은 똑같이 연주할 자세를 취하였다.

선우는 첼로를 안고 악기의 음을 먼저 짚어보았다. 그 동시에 석규도 음을 맞추어 보았다.

"자, 시작합니다."

석규가 먼저 곡을 반옥타브를 올려서 첼로가 잘 받쳐줄 수 있도록 연주를 하였다.

곧 선우도 화음에 맞게 연주를 시작하였다. 화음이 잘 들어맞았다. 소리도 보기 좋게 섞였다.

그 소리에 태양빛이 움찔거리는 것 같았고 샐비어꽃은 오후의 햇살을 받아서인지 더욱 붉게 불을 뿜었다.

"연주 실력은 그대로군."

연주가 다 끝나고 석규는 선우를 치켜세웠다.

무더웠던지 선우는 이마에 땀이 흠뻑 맺혀있었다. 손수건을 꺼내 선우의 이마를 닦아 주었다. 몇 년째 병마에 시달린 증표처럼 피부가 거칠었다.

"고마워 선배."

그 말뿐이었다.

꼭 안아주고 싶은 여인이었다.

그동안 모든 사람들의 기억에서 지워져 버렸고 가족마저도 버린 그런 선우가 더욱 안쓰럽게 느껴졌다.

"여기에서 조금만 가면 전시회장이고 그곳에 가면 화가 분들과 후원자님의 미망인이신 마리를 만나게 될 거야."

석규를 따라갔다. 몇 번 후원자의 묘지를 바라보며 멀어짐에 따라 이상하게 색깔이 변하는 묘지를 관찰하였다. 멀어짐에 따라 묘지는 한 점 붉은 불빛이 되어있었다.

"선배, 묘지의 색깔이 멀어짐에 따라 더욱 붉게 보이네."

묘지를 종종 뒤돌아서 바라보자 선우가 말했다.

"그건 프로방스의 효과일 거야."

앞서 고개를 숙이고 묵묵히 걷다가 말했다.

"프로방스 효과?"

선우는 그냥 뜻 없이 말하는 것에도 의미를 두려했다.

"투명한 공기와 투명한 햇볕 그리고 주변 환경들. 저길 봐! 듬성듬성 성글고 한가하게 서 있는 올리브나무들 이런 것들의 조화라 할 것이지. 이건 내가 만들어낸 프로방스의 효과라는 것이야."

무덤 앞에서 연주를 하고는 곧바로 전시회가 열리고 있는 곳으로 향했다. 무덤을 맨 먼저 찾은 것은 후원자에게 프랑스에 왔다는 신고인 셈이었다.

국립사진학교의 전시회장에 들어가니 그곳에는 마리가 앉아서 사람들을 맞이하고 있었다. 인사를 간단히 하고 이곳에서 음악을 해주겠다고 말하니 반가워하였다.

공연을 앞두고 전시를 하고 있는 그림을 살폈다. 거의 모든 그림은 후원자님의 그림이었고 일부만 마리의 그림이었다.

몇몇 작품 아래에는 붉은 장미꽃이 한 송이씩 달려 있었다. 그것은 전시회 중 팔려나간 것들이라고 마리가 조그맣게 말하였다.

우리나라의 전시회장과는 다른 풍경이었다.

전시회를 연 지 얼마 지나지 않아 붉은 장미 꽃밭처럼 거의 모든 작품에 붉은 장미꽃이 한 송이씩 붙었다. 과연 프랑스인들이 예술을 사랑한다고 하더니 맞는 말이었다. 전시회장에는 가끔씩 성글게 사람이 드나들었다.

석규도 전시장에 걸려있는 그림을 바라보았다. 익산역 대합실에 걸려있는 그림처럼 그곳에서도 비슷하게 그려진 작품들이 많았다.

긴 선과 화살표 그런 것들이 붉은색 톤으로 그려져 그림들은 힘이 있어 보였다. 모든 그림이 역동적인 비구상 작품이었다.

작품 중에는 이국 소년의 꿈이라는 작품도 있었다. 그림 아래에는 작품의 주제가 있었고 역동적인 작품이었다. 그곳에 서서 한동안 바라보고 있자 선우가 말했다.

"강렬하면서도 역동적인 작품이네요."

선우는 석규의 곁에서 같이 작품을 감상하였다.

소년의 꿈이라는 작품에서 작품의 주제가 자기를 암시하

고 있다고 느꼈다.

"이국 소년의 꿈."

작품의 주제를 읽었다.

"멋진 작품입니다."

선우가 옆에서 아는 체하였다.

이국 소년의 꿈이라는 작품을 감상하고 있을 때 마리가 다가왔다.

"이 작품을 광주비엔날레에 출품하려고 그렸던 그림입니다. 비슷한 작품을 두 점 그렸는데 이 작품을 선정하지 않고 다른 작품을 선정했죠. 그 이유는 한국의 작품 이해도에 대하여 생각하다가 결정했다고 했습니다. 이 작품은 완전한 비구상 작품입니다. 하지만 출품했던 작품은 구상과 비구상이 같이 섞여 있었습니다. 출품한 작품이 특선으로 선정되자 그 작품은 익산역에 기증하였다고 하더군요. 한국에서는 귀한 작품을 기증했다고 매스컴에서 한동안 회자가 되곤 하였답니다."

마리는 알고 있는 내용을 장황하게 작품에 대하여 설명하였다.

"고맙습니다. 잘 알겠습니다. 저도 익산역에 있는 그림을 보았습니다. 그 그림에 비해 이 그림은 이해하기가 힘이 듭니다."

"그림은 인간의 느낌으로 판단하는 것입니다. 감성적으로 이성적으로 판단을 하려면 그림에 대한 전문적인 식견이 필요하지요."

"그렇군요."

"작고 초라한 단상을 만들어 놓았습니다. 저곳에서 작은 음악회를 하시면 좋겠습니다."

입구 쪽을 정면으로 바라보고 연주하는 작은 단상을 만들어 놓았다. 초라했지만 넉넉한 단상이었다. 어떻게 생각하면 주인공도 없는데 화려하게 단상을 만들면 되겠나 싶었을 것이었다.

석규와 선우가 단상으로 올라갔다. 첼로와 바이올린을 꺼내 먼저 첼로 곡으로 자클린의 눈물을 연주하기 시작하였다. 보통 리드악기로는 바이올린으로 하지만 이번에는 첼로가 리드악기로 등장할 수 있도록 석규가 첼로 음악을 따라가며 연주를 하였다.

자클린의 눈물이 연주되자 음악 소리를 들은 주변의 사람들이 삼삼오오 모여 들었다.

연주가 끝나자 그곳에는 사람들로 가득 채워져 있었다. 사람들은 한목소리로 앙코르를 외치며 박수를 쳐주었다. 동양의 키 작은 사람들 둘이서 연주하는 모습을 오랜만에 보았다며 즐거워하였다.

"이번에는 여기 그림의 주인이신 앙리님과 저를 연결시켜 준 곡입니다. 저의 아버님의 장송곡이기도 했고 앙리님의 장송곡이기도 한 작품입니다. 이 곡을 방금 전에 도착하여 저의 은인이기도 하고 저의 두 번째 아버님이기도 한 앙리님 묘지 앞에서 연주하고 왔습니다."

무덤에서 연주했던 것처럼 석규는 '아, 목동아'를 반 옥타브 올려서 하고 선우는 석규를 따라 곡대로 연주하였다.

죽이 잘 맞는 연주였다. 작은 공간이었지만 그 소리는 주변의 모든 건축물들을 울렸고 근처를 지나가는 사람들의 마음을 울리고도 남았다.

연주가 끝나자 사람들이 소리를 지르며 두 명의 동양인을 축하해 주었다. 선우는 오랜만에 들어보는 호응에 눈물을 흘렸다. 석규는 선우의 기뻐하는 표정을 보고 눈물을 흘리며 부둥켜 앉았다.

"사랑해요. 선배. 전 이 순간을 너무도 그리워했어요. 정말 사랑해요."

선우는 석규의 가슴에 꼭 안겨 있었다.

"그래. 우린 이곳에서 영원히 사랑하자고 약속했었잖아."

석규와 선우는 많은 사람들이 보는 앞에서 한동안 그렇게 있었다. 굳이 부둥켜 안고 있는 팔을 풀려고 하지 않았다.

단상에서 내려오니 사람들이 박수를 치며 마치 자기들의 일인양 축하해 주었다.

주변에서 카메라로 사진 찍는 불꽃이 한동안 폭죽처럼 터졌다. 그 불꽃은 전시회를 취재차 파리에서 온 기자들이었다.

그날 전시회에 출품된 모든 작품들에 붉은 장미꽃이 한 송이씩 붙여졌다. 그림이 모두 팔린 것이다.

저녁이 되자 마리는 같이 만찬을 하자고 했으나 조용하게 사양하고 자리를 빠져 나왔다.

"저녁 식사는?"

선우는 저녁을 사양한 석규를 바라보았다.

"나와 갈 곳이 있어서."

그곳은 선우와 들렀던 작은 앙트르뷔 카페였다. 사람들로 가득한 앙트르뷔에는 전 세계의 여행객들로 붐볐다.

앙트르뷔 카페 앞에는 론강이 내다보이는 곳이고 빈센트 반 고흐의 론강의 별이 빛나는 밤이 사진으로 걸려 있는 곳이기도 했다.

노란색으로 칠하여진 저녁카페를 바라보며 선우에게 말했다. 저녁카페는 고흐가 그림을 그리던 그때도 노란색으로 칠하여진 곳이기도 하고 지금도 이렇게 노랗게 칠하여져 있다고 말했다.

"이곳 생각나는가?"

선우를 바라보았다.

"그럼요. 바뀐 것이 하나도 없네."

선우를 이곳저곳을 살폈다.

"오늘도 그때처럼 저녁을 먹고 싶어서."

그렇게 말하자 선우는 석규를 바라보기만 하였다. 선우의
큰 눈에 진주 같은 이슬이 맺혀 있었다.

그때와 같이 스테이크를 주문하고 와인을 한 잔씩 부탁하
였다. 웨이터는 예전처럼 말을 하였다.

와인은 이곳 프로방스에서 나온 포도로 빚어졌고 스테이
크의 기름도 이곳에서 자란 올리브나무에서 추출한 올리브
유라는 말을 강조하였다.

프로방스의 올리브유는 파리에서도 품질이 좋기로 알아주
는 곳이기도 했다.

"사람만 다를 뿐 그때와 똑같은 말을 하네."

선우도 그때 일을 똑똑히 기억하고 있었다.

"이곳은 그리 크게 변하지 않는 곳이지."

선우가 론강 가를 거니는 사람들을 바라보자 석규가 말했
다.

"옛것을 자랑삼아 간직해 온 사람들이군요."

"그렇지."

"이곳 아를에서 그림을 그리던 천재화가인 빈센트 반 고흐
의 그림 그리는 장소도 그때 그 장소 그대로 간직하고 있어."

밤이 되었다. 석규와 선우는 론강 가로 나갔다.

밤이 깊어갈수록 하늘은 코발트색으로 더욱 진하게 칠하
여졌고, 수많은 별들은 론강으로 떨어졌다. 언젠가 선우와
함께한 그 장소에 다시 앉아 있었다.

선우는 말했다.

"별들이 눈부셔요. 저 별들이 떨어지는 강물 속에 마치 내가 있는 것처럼 느껴지는 밤이네요."

선우는 별을 보면서 생각에 잠겨있었다.

"저 별들을 보고 많은 예술인들이 자기의 마음속에 있는 예술혼을 일깨우곤 했다는 걸 선우도 잘 알고 있지."

선우를 바라보았다.

"네. 오늘은 내가 그 예술인들 중 한 사람이 된 것 같아요."

선우의 눈 안에는 별들이 하나 가득 차있었다.

"오늘은 별들이 더 많아진 느낌이야."

선우의 눈을 보며 말했다.

"저 별들을 바라보며 빈센트는 어떤 느낌이었을까?"

선우는 멋쩍어 그 말을 하고 별이 떨어지는 강물을 바라보았다.

"빈센트는 자기 주위에 친구들이 없고 있는 것이라고는 론강에 핀 별뿐이라고 했다지."

"그럴 만도 해요."

선우는 그동안 병원에서 있었던 일들을 생각하는 것 같았다.

"카페에 있는 그림도 빈센트는 자신의 외로움을 표시한 거라지."

선우가 병원에서 빈센트처럼 보았다던 별들을 생각해 보

았다.

"선배는 내가 무섭지 않나요."

한동안 하늘을 쳐다보고 있자 조그맣게 말했다.

"무섭긴 더 예쁜데."

선우는 어깨에 머리를 기댔다.

수많은 별들이 깜박대며 두 사람을 내려다보고 있었고 바람이 스칠 때마다 꽃잎처럼 별들이 떨어져 내렸다. 때론 조용하게 때론 우수수 한꺼번에 별들이 쏟아졌다. 별들은 석규가 앉아 있는 곳에도 쉽게 떨어졌고 어깨에는 좀 더 무거운 별들이 떨어지고 있었다. 선우는 말없이 강물을 바라보았다. 계속하여 별은 강물 위에 떨어져 내렸다.

"별들이 정말 투명하군요."

별을 바라보는 선우의 눈망울이 더욱 빛나는 것 같았다.

"그때도 저 별들이 론강에 쏟아졌었지."

"그걸 기억하고 있었어요?"

"그럼 잊을 수 없는 밤이었는 걸."

"이런 때 선배가 바이올린을 켜주면 좋겠어요. 연주했던 '아, 목동아'를……"

"그래 줄까?"

석규는 바이올린을 꺼내 그 자리에서 일어나 지나가는 사람들이 시끄럽지 않게 선우를 위해 반옥타브 내려서 연주를 하였다.

선우는 똑바로 강물을 바라보고 있었다. 석규의 바이올린 켜는 음이 올라갈 때마다 론강 가에 파도가 일고 그 속에 담겨 있는 별들이 함께 소용돌이치고 있었다. 그런 별들을 바라보며 연주를 계속하였다. 긴장하며 끔벅거리는 하늘의 별들이 숨을 죽이며 두 사람을 내려다보고 있었다.

"고마워요. 저를 위해 이렇게 연주까지 해주니."

"연주를 하면서 여러 가지 생각을 했네. 선우의 건강과 여기 영지에 묻힌 프랑스인 아버지 그리고 익산에 있는 아버지, 선우 어머니와 아버지, 오빠인 정호까지."

"오빠는 내가 병원에 들어가자 최근까지 면회를 하였습니다. 부모님들께선 주위 사람들이 알까 봐 전전긍긍했지만 오빠는 그렇게 하지 않았죠."

"병원 의사 선생님께서 선우가 천사의 이야기를 듣는다는데."

"그것이 천사의 이야기라고 하는 건 의사 선생님만 하는 말이에요. 사람들은 환청이라고 하죠. 정신병 환자들의 주 증상이고요."

"지금도 들리는가?"

"생각 없이 있으면 늘 그 이야기 소리는 들려요. 사람들이 싫어하니 대꾸를 하지 않는 것이고."

"그래."

선우를 바라보았다. 연약한 선우는 말을 하면서도 어깨에서 머리를 들지 않았다.

"선우가 허락한다면 선우와 결혼하고 싶네. 한평생 선우를 위해 살고 싶어. 언젠가 우리는 약속했잖아. 이제는 그 약속을 지키고 싶어."

"그건 안될 말입니다. 이 병은 이성적인 판단을 완전히 상실시키는 병이지요. 안정이 되면 그때 이성적으로 판단하지 않았구나 생각하지만 이미 때는 늦어 버린 후였으니까요."

"그런 건 상관없어. 선우가 이런 몹쓸 병에 걸려있는데 난들 편하게 살 수 있을 것 같아?"

"그런 이유라면 더욱 그렇습니다."

"왜?"

"저도 병원에서 생각을 많이 해 보았습니다. 내 귀에만 들리는 누군가와 그 이야기로 토론도 해보았고 논쟁도 해보았지요. 논쟁에 들어가면 나 혼자 소리를 지르고 소란을 피우는 것으로 비쳐져 더 많은 약물을 복용하게 되었지요."

"그래도 다 수용할 수 있어."

"감정적이고 감성적으로 말을 하지 말아요. 전 진실이니까요."

"진실이야. 생각을 많이 했지. 지금껏 결혼을 하지 않은 것도 어쩌면 선우 때문이었을 거야."

"힘들어질 거예요."

"이제 다시 음악을 해봐야지 빈센트도 정신병에 걸려 이곳에 있는 정신병원에서 치료를 받았잖아. 선우도 할 수 있어. 우린 예술을 하는 사람이고 선우도 한 가지 일에 전념을 한다면 빈센트처럼 위대한 예술가가 될 거야."

"그렇게 될까요. 전 세상이 두려워요."

"우리 결혼을 부모님께 말하고 승낙을 얻어낼 거야."

석규와 선우가 이야기하는 모든 것을 듣고 있던 별들이 눈물을 흘리고 있었다.

프로방스의 건조하던 날씨가 새벽이 되면서 이슬이 내리고 있는 것이었다. 둘은 동녘이 붉게 물들 때까지 그 자리에서 일어서지 않았다.

11

열병과도 같은 아를을 여행하고 다시 한국으로 돌아왔다.

선우는 결혼 날짜를 기다리며 다시 병원으로 들어갔다. 병원으로 다시 들어가는 날 석규는 병원까지 동행하였고 간호사들이 듣는 앞에서 곧 선우와 결혼을 하게 될 거라 말했다.

병원으로 다시 들어가는 선우를 안심시키기 위함도 되었지만 그 말은 진심이었다. 결혼하겠다고 선우 앞에서 간호사에게 말하자 간호사는 먼저 그 말이 진실인지를 살피는 눈치였다.

선우는 병실로 들어가며 눈물을 흘렸다. 석규는 조금만 참고 있으면 이제 영원히 함께 할 거라는 말을 남기고 무거운 발걸음을 옮겼다.

다시 학교로 갔다. 그때부터 선우의 오빠인 정호를 만나고 결혼에 대하여 진지하게 대화를 나누었다.

정호는 사회적인 높은 위치에 있는 분이 이제 쓸모없게 된 동생인 선우와 결혼한다는 것은 온당치 않은 일이라며 만류를 하였다.

정호가 염려를 하는 것은 상처가 많은 동생에게 한껏 희망에 부풀게 하다가 중간에 불행해진다면 더 큰 불행이 닥쳐올 것이라는 걱정에서였다.

대화를 하면서 석규가 진심으로 선우를 사랑하고 있다는 것을 확신하고 부모님께 사실을 알린다는 말을 하고 연구실을 나갔다.

대학본부에서 연락이 왔다. 이번에도 음악과에서는 졸업작품으로 오페라를 올렸으면 한다는 내용이었다.

라트라비아타를 다시 무대에 올릴 것을 생각해보고 학생들을 점검해 보았다. 프리마돈나가 문제였다.

승희가 떠나고 난 지금 프리마돈나 역할을 할 수 있는 사람을 발견해 내는 것은 어려운 일이라 생각하고 성악과에 있는 정 교수를 찾아갔다.

"김 교수님, 어쩐 일입니까?"

정 교수는 반갑게 맞아주었다.

"작년 졸업생들의 작품이 어땠습니까?

　석규는 정 교수의 의중을 살피기 위하여 표정을 살폈다.

　"음악과에서는 거의 모든 교수님들이 대단한 일을 하였다고 했습니다. 제가 생각해도 큰일이었고요."

　정 교수는 할 수 없는 일을 해낸 석규를 대단한 사람처럼 대우하였다.

　"사실은 오늘 대학본부에서 연락이 왔습니다."

　"올해도 오페라를 올리라는 건가요?"

　정 교수가 먼저 알고 있었다.

　"그렇습니다."

　"대학에서 오페라를 올리는 것이 그리 쉬운가요. 말만하면 올려지는 것도 아닌데."

　정 교수는 오페라의 과정을 알기 때문에 그렇게 말하며 바라보았다.

　"어려운 일이지만 꽤 괜찮을 것 같습니다. 우리 대학의 규모에서는 충분히 해낼 수는 있죠."

　"그럼 성악을 하는 사람들을 골라 봐야겠습니다."

　"그렇게 해주시면 좋겠습니다. 작년 졸업생들이 한 작품을 이번에도 해보면 좋을 듯합니다만."

　"그렇게 해야죠. 무대도 그대로 사용하면 되고요. 해본 경험도 있고요. 비용면에서도 절감이 되니까요."

　"프리마돈나가 문제입니다."

　성악과 교수에게 프리마돈나를 추천해 달라는 말이었다.

"글쎄요. 사실 승희가 유학을 가고 난 다음 그만한 재목이 없습니다."

"저도 그것이 문제라 생각됩니다. 우리 기악부에서는 연주만 하면 되니 그리 걱정은 되지 않습니다만……"

"한번 준비해 보겠습니다. 누가 적당할지."

"그래 주면 고맙겠습니다."

성악과 정 교수를 만나고 나오면서 여러 가지 생각을 하였다.

기악부에 선우도 넣어 보고 음악에 익숙하도록 한다면 더 좋을 것 같았다. 만일 음악을 계속 할 수만 있다면 시켜보고도 싶었다.

생각의 말미에는 빈센트도 극심한 심신장애로 정신병원에 입원한 적이 있고 그 후에는 더 나은 작품을 남겼다는 일화가 생각났다.

얼마가 지나자 부모님과 말해 본다는 정호에게서 전화가 왔다. 부모님들도 정호가 생각한 대로 선우에게 더 큰 고통이 생길 것을 우려하고 있었다.

정호에게 부모님과 약속하고 직접 만났으면 한다는 기별을 하고 찾아갔다.

선우 부모님은 작은 도시지만 그곳에서 유지가 되어 있었다.

"저를 알아보시겠습니까?"

먼저 인사를 하였다.

프랑스에서 보았던 얼굴 그대로여서 금방 알아볼 수 있었
다.

"그럼요."

선우 어머니가 먼저 말했다.

선우 아버지는 침통한 표정으로 지켜만 보고 있었다.

"선우가 프랑스에서 돌아와 갑자기 저렇게 되었습니다."

선우 어머니는 딸이 저렇게 된 데에는 필시 어떤 사연이
있어선지 묻고 있었다.

"저도 병에 대하여 의사 선생님을 만나 뵙고 알아보았습니
다. 하지만 그 병은 현대의학으로는 이유를 잘 모른다는 것
입니다."

더 자세하게 설명할 수가 없었다. 마치 자기 탓을 하려고
하는 것 같은 인상을 받았기 때문이다.

"그래요. 우리 선우를 잘 가르쳐 유명한 음악 교수로 만들
고 싶었는데 이제 다 틀렸습니다."

선우 어머니는 원망이 섞인 목소리로 말했다.

"포기하지는 말았으면 합니다. 의사 선생님은 그 병이 관
리를 하는 병이라 말했습니다. 약물로 관리만 잘 하면 일상
생활하는 데 지장이 없답니다."

변명하듯 나서서 말했다.

"그래도 이제는 다 틀린 거 아닐까요. 저도 알아볼 데는 다

알아 보았습니다. 좋다는 병원도 다 다녀 보았고요."

선우 어머니는 그동안 병을 고치려고 노력했다는 것을 말하였다.

"우리가 그 병을 고치려고 노력만 하였지 병과 같이 살아가야 한다는 것은 미처 몰랐네요."

침묵하던 선우 아버지가 말했다.

"예술을 하는 사람들은 한 가지 일에 몰두를 하다보면 광인처럼 변할 수가 있습니다. 자기 세계에서 살고 있으니 더욱 그렇지요. 유명한 빈센트 반 고흐라는 사람도 정신병원에서 수감되어 살았던 때가 있습니다."

선우 아버지를 이해시키려고 말했다.

"우리 선우와 결혼을 하겠다는 말이 사실입니까?"

선우 어머니가 조급한지 끼어들었다.

"사실입니다. 우린 프랑스에 있을 때 약속했었으니까요."

믿어 달라는 듯 자신 있게 말했다.

"우리 선우가 버림받게 되면 더 나빠질 것 같아서 걱정이네요."

선우 아버지는 침울한 목소리로 말하며 바라보았다.

"결혼은 장난이 아니잖습니까?"

"그렇긴 하지만……"

이야기가 길어지자 석규의 말이 진실이라는 것을 알고 선우 아버지가 안심이 되는지 한숨을 길게 내쉬었다.

"제가 퇴원을 시키고 우선 음악을 할 수 있는지 알아봐야 겠습니다."

"그렇게 하게요."

선우 아버지는 마지못해 대답하였다.

"고맙습니다."

석규는 진심으로 고맙다는 표시를 하였다.

"이 고마움을 어떻게 해야 할지……"

선우 아버지는 고개를 숙였다.

선우 어머니는 고개를 숙이고 눈물을 흘렸다. 그 눈물이 어떤 눈물인지는 몰라도 그 속에는 자신의 잘못으로 인하여 딸이 그렇게 되었다는 후회의 눈물도 섞여 있다 생각되었다.

선우의 부모님을 만나고 선우를 데려올 거처를 마련하고 있을 때 성악과 정 교수로부터 연락이 왔다.

승희만은 못해도 프리마돈나를 하고자 하는 학생이 있고 능력도 꽤 갖추었다는 것이었다.

학생은 지금 졸업반이고 이름은 서리라고 하였다. 서리를 불러 테스트를 해보려고 일정을 잡았다.

선우의 거처를 대학교에서 가까운 곳에 있는 원룸을 잡았다. 그리고 곧장 병원을 찾아갔다.

병원 간호사들이 바로 알아보았다.

"이제 선우를 퇴원시키려고 하는데 상태는 안정되어 있습니까?"

다짜고짜 그렇게 말했다.

"퇴원을 하려면 의사 선생님과 상담을 해야 합니다."

간호사는 마치 자기들에게 좋은 일이라도 있는 것처럼 얼굴이 환하게 펴졌다. 환자를 퇴원시켜 재활하자는데 반대할 간호사는 없을 거라 생각하고 의사를 기다렸다.

항상 그랬지만 로비의 긴 복도에는 환자복을 한 환우들이 부자연스럽게 끝에서 끝으로 걸어 다녔다.

허공을 걷는 것 같은 사람들의 부자연스런 발걸음들이 가슴에 와 박혔다.

선우의 차트를 찾은 간호사가 진료실로 들어가고 잠시 후 밝은 얼굴로 간호사가 나왔다.

"고맙습니다. 우리 선우는 분명히 해낼 것입니다. 어떤 어려움도 극복할 것입니다."

마치 자기의 형제나 되는 것처럼 기뻐하는 목소리였다.

"고맙군요."

"들어가세요. 의사 선생님께 말씀 드렸으니까요."

"네."

"저는 선우의 퇴원준비를 하겠습니다."

의사는 안경을 코에 걸치고 간호사가 가져다 준 차트를 보고 있었다.

"어서 오세요."

의사가 안경을 벗고 일어섰다. 정중했다.

"선우를 퇴원시키고 싶어서 왔습니다."

"알고 있습니다. 선우는 약을 잘 복용하면 무슨 일이든 할 수 있는 사람입니다. 잘 살펴 주었으면 합니다."

"계속 음악을 시키고 싶습니다. 본인만 원한다면 말이죠."

의사의 대답이 곧 법과 같이 느껴지는 순간이었다.

"진료를 해 봐서 잘 압니다. 선우도 음악을 하고 싶어 합니다."

안도의 숨을 몰아쉬고 의사에게 말했다.

"저에게 음악을 왜 해야 하는지를 알려준 사람입니다."

"그래요? 잘 되었군요."

의사와 대화를 하고 있을 때 선우가 짐보따리와 첼로 가방을 들고 나왔다.

"선우 씨, 이분과 오늘 퇴원하는 겁니다. 그렇게 하겠어요?"

선우는 그 말에 고개를 끄덕였다.

"선우 씨가 몸이 좋지 않으면 이분께 말하고 병원으로 찾아오세요. 도와줄테니."

의사는 웃으며 다정하게 말했다.

"네."

선우는 작은 목소리로 대답하였다.

"음악을 공부한답니다. 공연이 있을 때 꼭 초대해 주세요."

그렇게 이야기하고 있을 때 간호사가 약봉지를 들고 와 복용내용을 꼼꼼하게 알려 주었다.

"천사와 이야기를 할 때는 사람들이 모르게 하세요. 사람들은 천사를 싫어하니까요. 또 질투하는 사람도 있을 거고."

의사는 웃으며 주의를 주었다.

"알았어요."

선우는 진료실을 나오자 의사가 따라 나오며 격려해 주었다.

"이제 곧 라트라비아타를 무대에 올릴 것입니다. 그곳에서 기악부분에 선우도 참여하게 되고요. 제가 무대에 올릴 날짜와 시간이 정해지면 초청장을 보낼 것입니다. 그때 꼭 오셔서 축하해 주십시오. 그날 공연이 끝나는 대로 결혼식도 그곳에서 할 것입니다."

석규는 의사에게 자세히 설명해 주었다.

"아 그래요. 어떤 일이 있어도 그때엔 참석하겠습니다."

의사는 굳게 약속을 하였다.

"선우 양 이분과 같이 행복해야 돼."

의사는 선우에게도 다시 한 번 축하해 주었다.

선우가 로비로 나오자 복도를 걸어다니던 환자들과 선우를 아는 간호사들이 축하한다며 한마디씩 하였다.

"선우야, 이제 들어오지 마."

선우의 친구라는 한 사람이 부러운 눈으로 바라보았다. 선우는 병원을 나오며 주변을 꼼꼼히 살폈다.

차 안에서 선우에게 간단하게 말하고 거처할 곳과 앞으로 해야 할 일들을 설명하고 어떠한 일이 있어도 끝까지 선우 편에 서서 돕겠다고 말하자 고맙다며 눈물을 훔쳤다.

학교 앞에 있는 원룸에서 선우를 쉬게 하고 성악과에 다니고 있는 서리를 만났다.

정 교수와 둘이서 간단한 테스트를 하여 소프라노의 음색을 관찰하고 좋다고 말했다.

서리의 음색은 소프라노지만 음 속에 슬픔이 있는 것 같은 학생이었다. 어쩌면 라트라비아타의 프리마돈나로서 꼭 맡는 음색이었다.

"오페라 라트라비아타에 대하여 잘 알고 있죠?"

서리에게 물었다.

"네, 작년 졸업작품으로 올렸던 것을 잘 알고 있고 저도 공연을 보았습니다."

서리는 프리마돈나를 맡게 된 것에 대하여 영광으로 알고 있는 것 같았다.

"이제부터 연습을 게을리 하면 안 됩니다. 곧 일정을 잡아 연락을 할 테니 그때까지 기다려 주세요."

석규는 서리에게 프리마돈나의 역할이 중요하다는 것을 그렇게 말하였다.

"알겠습니다."

서리가 떠나고 정 교수에게 말했다.

"오페라 라트라비아타와 딱 맞는 음색입니다."

"그래요."

"잘만 하면 지난번 프리마돈나보다 훨씬 좋을 것 같습니다."

"그렇게만 된다면 서리도 좋고 저도 좋습니다."

그렇게 하여 서리가 프리마돈나로 선정되었다.

기악부에는 첼로에 사람을 하나 더 넣어 특별출연이라는 이유로 선우를 선정하였다. 그리고 선우는 대학에서 학생들과 같이 연습하고 연주하라고 했다.

선우의 표정은 밝았다. 기악부 학생들과 어울리며 적극적으로 연주하고 늦게까지 연습에 참여하였다.

학생들은 그런 선우를 좋아하였다. 일부 학생들은 선우를 특별한 사람으로 취급하며 선우를 도와주었다.

석규는 가끔씩 연습실로 찾아와 선우의 음악 솜씨를 보았다. 선우의 음악은 날로 좋아졌다. 병원에서 들었던 음들이 제자리를 잡아갔다.

"선우는 음악이 점점 좋아져요. 프랑스에서 연주하던 그때와 거의 같습니다. 손가락의 움직임도 이제 자유스러워 졌고요."

석규는 연습에 열중하고 있는 선우를 추켜세워 주었다.

"선배, 고마워요."

선우는 더욱 열심히 매진하였다. 모두 집으로 떠났을 때도 선우 혼자 남아 부족하다 싶은 곳을 연주해 보았다. 그때마다 석규는 선우를 찾아와 위로하고 자신감을 불어 넣어주었다.

선우는 점점 자신의 곁에는 늘 석규가 있다는 것을 깨닫고 든든해 하였다.

연습에 열중하고 있던 선우가 연구실로 찾아왔다.

"선배, 요즘 내 첼로의 음들이 괜찮게 들리는데 선배의 생각은 어때요."

선우도 자신의 첼로 음을 알고 있었다. 병원에서는 그 말을 하지 않았지만 생각대로 소리를 내주지 못하는 자신이 힘들어 했다는 것을 말해 주는 것 같았다.

"그때도 좋았지만 지금은 그때보다 훨씬 듣기 좋아. 프랑스에서 들었던 것처럼."

"그래요. 저도 요즘 제가 캐내는 소리에 만족하고 있어요."

선우는 차츰 좋아지는 첼로 음들을 생각하며 얼굴이 환해져 있었다.

"요즘도 천사들이 찾아와?"

선우의 표정을 살폈다.

"음들에 집중하니 천사들도 오지 않아요."

"그래."

석규도 잘했다는 듯 웃어주었다.

"선배, 최선을 다하면 잘 될거라 생각하고 있어요."

"그래야지."

선우와 같이 학교를 나섰다. 선우는 예전처럼 여러 이야기를 하면서 걸었다.

12

오페라 라트라비아타를 무대에 올리려고 연습을 시작하였다. 선우는 기악부에서 곧장 잘 따라왔다. 노력한 결과 첼로가 리드 악기는 아니었지만 외국에서 배운 실력으로 학생들을 리드하였다.

차분한 성격의 서리는 연습을 게을리하지 않았다. 튀는 모습은 아니었지만 프리마돈나 역할에 충실하였다.

첫해 프리마돈나였던 승희는 재능이 뛰어났지만 서리는 연습을 많이 하는 연습벌레였다. 그렇기 때문에 특별히 어떻게 하라고 지적하지 않아도 될 만큼 자기 역할을 다하였다.

처음 무대에 올렸을 때의 문제들이 두 번째에서도 똑같이 나타났다.

프리마돈나의 역할을 하는 서리는 늘 수동적으로 움직였다. 그것을 바로 잡아 주는 것이 이번 오페라의 첫 번째 승패의 문제라 생각되어 자신감을 불어 넣어 주는 말들을 많이 하였다. 그렇게 하자 서리는 실력이 수직으로 상승하는 것을 느낄 수 있었다.

선우는 병원에서 나오게 된 사실을 늘 고맙게 생각하고 있었고 또한 해보고 싶어 했던 첼로 연주를 계속할 수 있게 되어서인지 성실하게 연습에 참여했다. 귀에서 속삭이는 천사의 소리를 못들은 것처럼 표정을 위장하였다. 다른 사람들은 몰랐지만 석규는 그 내용을 잘 알 수 있었다.

어느 날인가 선우가 연구실에 찾아왔다.

"선배, 요즘 나는 너무 행복해."

선우는 환한 표정으로 바라보았다.

"음악을 계속하고 있는 선우가 보기에 너무 좋아."

진심으로 축하해 주었다.

"요즘 자꾸 천사들이 말을 걸어오는데 꾹 참고 연습만 하고 있어. 혹시 내가 사람들이 알 정도로 천사들과 이야기한다면 선배가 제지해 주어야 해. 꼭 부탁이야. 나도 모르는 일이니까."

선우는 참기 힘든 환청에 시달리는 듯 보였다.

"알았어. 선우는 내가 지켜준다고 약속했잖아."

그 말에 선우는 안심한다는 듯 연구실을 나갔다.

선우가 나가고 병원으로 전화를 걸어 의사와 선우가 고민하는 것에 대하여 이야기를 했다.

의사는 쉽게 대답하였다.

"자연스럽게 해야 합니다. 제가 환청을 천사들의 이야기라고 하는 것도 어쩌면 환우가 그것 때문에 고민이 많아진다는 것을 알고 있기 때문입니다. 선우는 환청 때문에 주위 사람들에게 문제를 일으키는 일도 없었고 그 환청이 비정상적이지만 정상적인 행동이라고 생각만한다면 생활하는 데 아무런 지장이 없을 것입니다."

"네, 알겠습니다."

의사의 그 말이 고마웠다.

"선우는 참으려고 애를 씁니다. 환청에 대하여도 솔직하게 제게 말을 하고 있고요."

선우의 현 상태를 말하였다.

"그렇게 말을 한다면 선우를 믿고 보살펴 주십시오. 음악을 계속하고 있다는 자부심 때문에 어쩌면 정신병을 물리칠 것입니다. 자존심을 지키는 일이 큰일이니까요. 또 선우는 자존심이 강한 사람입니다."

의사는 항상 선우 편이었다.

"예."

그렇게 말을 하면서도 재발이 걱정이 되었다. 그리고 병과 같이 살아야 한다는 의사의 이야기도 기억하면서 이야기를 맺었다.

선우는 며칠 동안 환청에 시달리다 어느 정도 마음에 평정을 찾았는지 얼굴이 환하게 펴져 음악을 계속하였다.

연습실에 있을 때 선우에게 말했다.

"선우 씨, 연습을 끝마치고 연구실에서 보았으면 합니다. 시간은 있겠죠."

선우의 모습을 살피며 조심스럽게 말했다.

"네."

선우는 잘못한 것이 있는지 한동안 머리를 갸웃했다.

연구실로 들어오며 인사를 하고는 조심스럽게 의자에 앉았다.

"지난번 부모님에게 말을 했어요. 모든 것을 제가 책임질 테니 선우와 결혼을 하게 해달라고……"

그 말을 하고 선우의 표정을 살폈다.

"벌써 그 말도 했었나요. 뭐라 하시던가요?"

선우는 부모님이 프랑스 음악학교에서와 같이 부정적인 말을 했는지 석규의 모습을 살폈다.

"허락을 받았어요."

선우를 바라보며 미소를 지어보였다.

"정호 오빠도?"

"정호 오빠한테도 허락을 받았지요."

"벌써 그렇게 하였어요. 우린 언제 결혼을 하게 되나요."

"오페라가 끝나는 날에 할 것입니다. 그리고 저의 어머니와 같은 마리에게도 결혼식 초대장을 보내려고 합니다."

"병원에서 그 말을 했지만 가족 모두에게 허락받은 것은 몰랐어요. 저를 위로한답시고 한말로 생각했고요."

"결혼에 관한 이야기를 생각 없이 하겠어. 나도 다 생각이 있어. 선우는 꼭 정신병을 극복할 거야."

그 말을 하자 선우는 무거운 짐을 진 사람처럼 생각에 잠기더니 곧 어깨가 축 처져 연구실을 나갔다.

서리는 연습을 한 만큼 실력도 눈에 보이게 좋아졌다. 성악과 정 교수도 서리의 변화되는 모습을 보고 놀라워했다.

오페라 라트라비아타를 무대에 올리는 날이 차츰 다가왔다.

승희만 못했던 서리는 차츰 좋아져 프리마돈나로서의 역할을 충분히 해낼 수 있게 되었고 선우의 음악도 날로 좋아졌다.

연습이 끝나고 서리가 연구실로 왔다.

"교수님, 이번 무대가 끝나면 저도 승희 선배와 같이 유학할 수 있습니까?"

서리는 목소리가 좋아졌다는 것을 스스로 알았는지 자신감 있게 말했다.

"그럼요. 그곳에서도 지금같이 연습을 게을리하지 않는다면 성공할 수 있습니다."

"전 요즘 비올레타의 역할을 잘 할 수 있도록 동백부인이라는 책을 자주 읽습니다."

"그렇게 해야 합니다. 그래야 오페라를 이해할 수 있는 것이고 늘 그런 생각을 하면서 무대가 올려질 날을 기다리세요."

"잘 알겠습니다."

"책에서와 오페라와는 좀 다른 데가 많습니다. 책은 플롯이 있고 시작을 동백부인이 죽고 알푸레도가 찾아온 뒤 경매로 비올레타의 집에 있는 집기를 처분하면서 시작되지만 오페라는 플롯을 그렇게 설정하지는 않습니다. 이야기가 시각적으로 이어져야 하니까요."

"잘 알고 있습니다."

서리는 매사에 신중한 학생이었다.

"그럼 그렇게 이해하면서 음악을 할 수 있도록 해야 합니다."

"들리는 소문에 의하면 교수님께서 이번 오페라가 끝나면 그곳에서 바로 결혼식을 하신다는데 그 말이 맞는가요."

서리는 선우를 생각하는지 머뭇거리다 말했다.

"예. 그렇습니다."

단호하게 말했다.

"그럼 신부되는 분이 기악부에 계신 선우 씨고요?"

선우의 병에 대하여 아는지 의아한 표정을 하였다.

"네. 어떻게 그렇게 잘 아십니까?"

아무렇지 않다는 표정을 하였다.

"소문이 그렇습니다."

"전부 맞는 말입니다."

서리는 고개를 갸웃거리며 연구실 문을 나갔다.

발 없는 말이 천리를 간다고 석규도 모르게 소문이 온 학교에 퍼져 있다는 것을 알 수 있었다.

리허설 중에 결혼을 하게 되었다고 단원들에게 말했다. 모르는 단원들은 당사자가 누구인지 의문에 가득한 시선을 보냈지만 거의 모든 단원들은 훤히 알고 있었다.

"이번 공연을 마치면 저는 그 자리에서 곧 결혼을 합니다. 신부는 기악에서 첼로를 맡아 수고해 주고 있는 김선우입니다. 모두 축하해 주시면 고맙겠습니다."

그 말을 하고 선우를 바라보았다. 선우는 고개를 숙였다. 당당하던 옛 모습은 찾아볼 수 없었다.

선우를 일으켜 세우고 인사를 하게 하였다.

"축하해 주셨으면 합니다."

리허설 중에 결혼 이야기를 한 것은 이번 오페라의 무대는 특별한 무대라는 것을 단원들에게 강조해 주고 싶어서였고 나쁜 소문들이 난무하게 될 것을 미연에 차단하고 싶어서였다.

"오늘의 오페라는 이렇게 특별한 날입니다. 프리마돈나 역을 하고 있는 서리 학생은 이번 공연을 끝으로 유학을 떠나게 되어있습니다. 저의 개인적인 생각으로는 음색이 좋고 차분한 성격의 서리 학생은 유학에서도 성공하고 돌아올 것입니다. 여러분들도 그렇게 되기를 기원해 주십시오. 서리 학생 유학에 임하는 각오 같은 것을 한번 말해 주세요."

서리는 자리에서 어렵게 일어서서 말했다.

"교수님 덕택이라고 생각합니다. 음악이 좋아졌다는 소리를 많이 들었습니다. 오페라를 시작하기 전에는 어떻게 하나 고민도 많이 해보았는데 이제는 자신감이 생겼습니다."

서리는 그 말을 하고 자리에 앉았다.

"이제 무대에 올릴 시간이 얼마 남지 않았습니다. 다들 서로서로 무대 복장을 확인해 주세요."

단원들은 무대에 올라갈 복장들을 점검해 주었다.

"무대 관리자는 객석을 확인해 보세요. 그리고 단원들은 자기가 취해야 할 동선과 첫 음정을 상상해 보면서 기다리십시오."

단원들은 각각 동선을 걸어 보고 첫 음정을 점검하였다.

"모두 준비가 완료되었습니다."

무대 관리자가 안으로 들어와 말했다.

"자, 오케스트라 단원들은 아래로 내려가 준비해 주세요."

악기를 든 오페라 단원들이 아래로 내려가 자리를 잡았다.

그것을 확인한 석규는 서리가 무대 안으로 들어가 파티에 초
대한 손님들을 맞이할 준비를 하게 하였다.

무대를 들춰보자 무대 밖은 공연을 관람하러 온 사람들로
채워졌다. 초청장을 보냈던 프랑스인 마리도 미리와 자리에
앉아 있었다.

선우의 부모와 정호도 앞자리에 자리하고 있어 선우가 연
주하는 모습을 가까이서 볼 수 있도록 하였다.

공연에 앞서 대학의 총장이 인사말을 하였다.

"오늘 무대에 올려진 오페라는 여러분들도 잘 아시다시피
라트라비아타입니다. 우리 대학은 졸업작품으로 오페라를
올림으로써 음악을 한 차원 올려놓았다는 소문이 파다합니
다. 또 지난번 프리마돈나 역을 했던 소프라노 승희 양은 성
악의 본고장인 이태리로 유학을 하고 있고 그곳에서 우수한
성적으로 공부를 하고 있습니다. 또한 이번 무대에 참여하고
있는 프리마돈나와 알푸레도 역시 소프라노와 테너로 이태
리로 유학을 하게 됩니다. 명실공히 우리 대학의 음악부는
훌륭한 음악인을 창조해 내는 산실이 되기도 합니다."

그렇게 말한 총장이 자리에 앉고 사회자가 참석해 주신 내
빈을 소개하였고 맨 먼저 프랑스에서 온 마리를 소개하였다.

총장은 다시 일어나 마리를 직접 소개를 하였다.

"오늘 총감독인 기악부 교수님은 오늘 오페라가 끝나면 이
자리에서 결혼식을 거행하게 돼 있습니다. 그들의 앞날에도

축복해 주셨으면 감사하겠습니다."

그렇게 소개하자 관중석에서는 우레와 같은 박수 소리가 끊이지 않았다.

프리마돈나인 서리가 준비를 하고 먼저 무대 안으로 들어갔다. 석규는 항상 그렇듯 처음이 가장 떨렸다. 극을 묘사하고 소리가 잘 다듬어져야 한다고 생각하면서 서리에게 주의할 것을 말하였다.

기악이 서곡을 연주하고 있었다. 그와 함께 기악의 무대가 무대 위로 서서히 올라갔다. 선우는 벅차오르는 가슴을 이겨낼 수 없어 연주 중에도 몇 번 큰 숨을 몰아쉬었다. 서리는 무대 위에서 기악이 올라오는 모습을 바라보고 파티에 초대한 사람들을 맞이할 준비를 하였다.

단원들이 무대 안으로 들어오며 미리 정하여진 동선으로 움직였다. 서리는 긴장하지 않고 무대 안으로 들어오는 초대한 사람들을 맞이하였다. 흠이 없이 매끄러운 행동이었다. 석규는 그 모습을 바라보며 흡족한 표정을 하였다.

오페라가 진행될수록 단원들의 행동과 목소리에는 차질이 없었다. 석규는 가끔씩 첼로를 연주하고 있는 선우를 살폈다. 선우는 사람들이 오페라에 감흥하고 있다 생각하고 더욱 열심히 음을 집어냈다.

앞자리를 차지하고 앉아 있는 선우의 가족들은 오페라의 극과는 무관한지 선우의 연주하는 모습만 바라보고 있었다.

   오페라는 순조롭게 또 한 사람의 가능성 있는 성악가를 배출하고 막을 내렸다. 관중들은 감동하고 박수를 보내주었다.
   곧 무대에는 결혼식을 올릴 수 있는 장소로 변하고 있었다.
   선우의 부모가 공연을 잘 마친 선우와 총감독인 석규를 찾아와 수고했다고 말하였다. 그때 선우의 부모는 눈물을 흘렸다.
   웨딩드레스를 준비한 오페라 단원들은 선우에게 꼭 맞는 드레스를 입히고 면사포를 씌워 주었다.
   웨딩드레스를 입은 선우를 바라보며 석규는 흡족해 하였다.
   "눈부시게 아름답습니다. 신부님."
   석규가 신부대기실로 쓰고 있는 연습실로 찾아와 선우에게 말했다.
   "꼭 꿈속 같아요."
   선우는 얼굴을 붉히며 말했다.
   "이렇게 눈부신 신부를 맞이하게 되어 너무도 감사합니다."
   석규는 신부 앞에 무릎을 꿇고 두 손으로 부케를 주었다.
   "고마워요."
   선우는 앉은 그대로 꽃을 받았다.
   화촉은 신부 측엔 선우 어머니와 신랑 측에선 마리가 직접 양초에 불을 켜주었다.

주례는 앞에 앉아 있던 총장이 하였고 사람들은 모두 두 사람의 앞날을 축하해 주었다. 마리는 그 모습을 보고 어머니처럼 흐뭇한 미소를 보냈다.

둘은 신혼여행을 프로방스로 잡았고 프랑스에서 온 마리와 같은 비행기로 예약을 하였다.

석규와 선우는 결혼식을 마치고 하객들에게 인사를 하고 곧바로 아버지가 누워 있는 공동묘지로 향했다.

아버지에게 신부를 소개시키고 정식으로 며느리가 되었노라고 신고하고 싶어서였다.

묘지 앞에 있는 저수지에서 선우와 한동안 물결치는 수면을 바라보았다. 어디서 날아왔는지 비오리 두 마리가 날아와 작은 파문을 일으켰다. 평화로운 풍경이었다.

"선배, 고마워요."

선우의 눈에는 이슬이 맺혀 있었다.

"이제 선우도 선우다운 음악을 해야 하는 거야. 그 음악을 할 수 있도록 옆에서 힘써 돕겠어."

선우의 얼굴에서 미소가 흘려 나왔다.

"다시 시작해 봐야지요. 천사들이 자꾸 말을 걸어와도 못 들은 척하면서 살려고요."

"프랑스 교정에서 선우가 음악을 하게 된 동기를 말했을 때 깜짝 놀랐어."

그 말을 하고 선우를 꼭 안았다.

선우는 지쳐 있는 작은 새처럼 고개를 숙였다. 한 손으로
도 잡힐 듯 가냘픈 모습이었다.

"방청객에서 의사 선생님을 보았어요. 마냥 웃고 계셨죠."

"그래요? 찾아가서 인사라도 드렸어야 했는데."

"웃는 모습이 잘 살아 달라는 부탁과도 같았어요."

"그랬어요?"

"이제 아버님께 가야지요."

선우가 앞서 공동묘지로 올라갔다.

비탈길을 오르는 동안 힘들었지만 선우의 손을 꼭 잡고 묘
지 앞까지 갔다.

묘지 앞에는 비석이 서 있었다. 비석에는 석규가 써준 그
대로 글씨가 박혀 있었다.

둘은 묘지 앞에 나란히 서서 머리를 숙였다.

"아버지. 오늘 저희 결혼을 하였습니다. 어머니가 어떤 분
인지 몰라도 마리라는 외국인 어머니를 모시게 되었고요. 이
제 우리는 행복하게 살 겁니다."

마치 군인들이 휴가를 끝내고 보고하는 것 같았다.

"자, 묘지에 왔으니 절을 합시다."

작은 돌을 모아 탁상을 만들고 소주잔을 올려놓았다. 그리
고 둘은 정성스럽게 절을 하고 한동안 머리를 숙였다.

공동묘지를 내려오는 내내 말이 없었다.

관리실로 찾아가 묘지 관리인을 만났다. 묘지 관리인은 반갑게 맞아주었다.

"잘 계셨습니까?"

석규가 비석을 세워주어 감사하다는 표시를 하였다.

"비석 보았지요. 거기까지 비석을 옮기느라 인부들이 고생이 많았지요."

"고맙습니다."

고마움을 표시하자 옆에 있는 선우를 바라보며 미소를 지었다.

"이번에 결혼한 사람입니다."

"그래요. 이제야 결혼했습니까?"

"조금 늦었습니다."

"반갑습니다."

선우가 곧 묘지 관리인에게 인사를 하였다.

"지난번 묘비에 새길 글귀가 있다고 하였죠. 이렇게 써넣어 주세요."

글귀가 쓰여 있는 종이를 내밀었다.

종이에는 '자부 김선우'라고 쓰여 있었다.

"아, 이렇게 새기면 되는군요."

그렇게 말하며 머뭇거렸다.

"얼마를 더 지불하면 됩니까? 지난번 보내 드린 돈은 잘 받았죠?"

"네. 바로 확인하였죠. 이걸 새기려면 십만 원은 주어야 합니다. 이 글씨를 새기는데 이곳까지 기술자가 올라와야 되니까요."

묘지 관리인은 어렵게 말했다.

석규는 지갑에서 돈을 꺼내 주면서 잘 새겨 달라고 당부하였다. 묘지 관리인은 몇 번 고개를 숙여 마치 자기 일을 맡기는 사람처럼 정중하였다.

묘지를 내려와 다시 저수지 앞으로 가 나무벤치에 앉았다.

"아버지는 음악을 하여 큰사람으로 자랐으면 했지."

"성공을 했네요. 아버지의 꿈도 이루었고……"

"아직 도전할 것이 많아 이제 선우와 같이 음악을 멋지게 하는 거야. 선우도 천사와만 대화하지 말고 나와 더 많은 이야기를 하는 거야. 프랑스에서 했던 것처럼."

"알았어요."

선우는 마음속으로 다짐하는 것 같았다.

13

마리와 선우 그리고 석규는 나란히 비행기를 탔다. 마리는 우선 파리로 가서 파리에서 다시 고속열차를 타고 프로방스로 가자고 하여 그렇게 하였다.

마리의 제안은 시간을 단축시켜 보자는 의미도 있었다. 프로방스로 가는 직항로가 있었지만 정기 항로가 아니었다.

14시간 동안 비행기를 타고 다시 고속열차를 타 프로방스에 도착하였다. 그곳에서 다시 아를로 가 마리의 집에서 짐을 풀었다.

마리의 집엔 온통 화구들로 어지러웠다. 구석에는 세워놓은 그림들이 사각 상자처럼 쌓여 있었다. 거실과 방 그리고 창고까지 가장자리에는 모두 그림들이 차지하고 있었다.

거실을 이리저리 치우며 마리가 말했다.

"쉽게 치울 수가 없다네."

"제가 치워 드릴까요."

"아니야. 이 그림을 치우면 꼭 앙리라는 사람이 곁에서 사라져 버릴까봐 이렇게 두고 있는 것이지."

마리는 가장자리에 세워져 있는 그림들을 눈으로 살폈다.

"빈센트 반 고흐도 그렇게 말했잖아. 죽고 나면 그림이 남아 사람들과 이야기한다고. 요즘 난 그것이 믿고 싶어져. 저 그림들을 보고 있으면 앙리가 저 구석에서 살아 움직이는 느낌이 들거든. 그림에 집중하고 있으면 이 거실에서 그림 그리고 있는 모습도 떠오르고."

그 말을 하고 마리는 구석에 있는 그림들을 바라보며 회상하고 있었다.

"잘 알겠습니다."

그 말을 듣고 어지럽혀 있는 그림과 도구들을 치우려다 그만두었다.

선우는 석규의 그 표정을 바라보기만 하였다.

"이제 저희는 아버지 앙리님의 묘소에 가렵니다."

석규는 선우와 인사를 하고 나왔다.

"죽은 자는 말이 없는 법이니 잊어버리게."

마리는 문을 나서는 석규에게 그 말을 하고 물끄러미 바라보았다.

"저는 늘 앙리님의 온화한 웃음을 마음속에 품고 살아 왔습니다."

"그래. 그럼 그렇게 하게."

그렇게 말하고 마리의 집에서 나왔다.

앙리가 안식하고 있는 공동묘지로 갔다. 멀리서도 앙리의 안식처는 확실하게 보였다.

앙리의 무덤에는 마치 태양이 떨어져 머물러 있는 것 같았다.

"후원자님의 묘소는 쉽게 찾겠어요."

아무 말도 하지 않고 따라만 왔던 선우가 입을 열었다.

"빈센트의 묘소는 보랏빛 꽃이 한창일 거야. 동생 태호와 같이 누워 있지만 그곳은 보랏빛 불꽃으로 채워져 있거든."

선우도 같이 가 보아서 알 것 같았지만 앙리와 고흐를 연상할 수 있도록 석규가 말해 주었다.

붉은색 샐비어꽃으로 단장한 앙리의 무덤 앞에 서서 아버지의 무덤에서 했던 것과 같이 선우와 결혼하게 되었다고 고하였다.

프로방스에서 생산한 와인을 앙리의 무덤 앞에 한 잔 따르고 둘이서 묵념을 하였다.

앙리의 무덤을 찾고 난 다음 선우와 프랑스 왕립예술학교에 있을 때 여행을 다녔던 곳으로 하나하나 되밟아 갔다.

그때나 지금이나 바뀐 것이라고는 하나도 없었다. 한국 같았으면 있던 동산도 없어질 정도로 하루가 다르게 지형이 바뀌고 모양도 바뀌어 졌지만 프로방스는 그렇지 않았다.

"그때 그대로네요."

선우는 예전 그대로라는 데 더욱 좋아했다.

"이래서 사람들이 프로방스를 다시 찾는 것이기도 해."

아를은 빈센트의 시대나 지금이나 달라진 것이 없었다.

빈센트 반 고흐가 그렸던 아무렇게나 서 있는 올리브나무 사이프러스나무도 그대로였고 특히 밤하늘의 별들조차도 그대로였다.

"아, 한적하고 평화롭고 여유로운 이런 곳을 늘 생각했어요."

선우는 꿈꾸던 곳으로 왔다며 좋아했다.

"저녁이 되면 아를에서 론강에 핀 별들을 바라보면서 이야기하기로 해."

선우가 좋아하는 모습을 바라보며 행복을 극대화시키듯 말했다.

"그렇게 여행 일정을 짰어요?"

"그럼. 선우가 좋아할 만한 것을 생각하며 여행 일정을 잡았지."

머릿속으로 여행을 마치면 어떻게 살 것인가에 대하여 고민하였다.

아파트에 산다는 것도 문제였다. 많은 사람들에게 어쩔 수 없이 노출해야 한다는 것이 큰 과제였다.

차츰 여러 생각을 하다 마을과 동떨어져 있는 곳에 거처를 잡아야겠다 생각하고 한국으로 돌아가면 그 일부터 하리라 생각했다.

선우가 혼자서 천사와 대화할 수 있는 방을 따로 만들어 주는 것도 선우를 위하여 꼭 필요한 일이었다.

예술인들이 걷고 생각하고 참여했던 거리를 걸어다니며 선우의 가슴속에 있는 트라우마 같은 것을 떨쳐 버리도록 노력하였다.

"이곳에서 몇 년 만이라도 살았으면 하는 생각이 드네요."

선우는 마음에 없는 말을 해보기도 했다.

"시간이 허락되면 이곳 아를로 와서 조금이라도 살아 보자고. 그때가 언제가 될지 몰라도 꼭 그렇게 하자고."

누군가가 지어놓은 한적한 집 옆을 지나며 선우는 그 집을 유심히 관찰하였다.

십 년은 넘게 커온 것 같은 아무렇지도 않게 자라난 올리브나무 가지를 바라보았다. 시원한 바람이 가지를 스치며 지나갔다.

"맑은 하늘에서 물감이라도 떨어져 물들인 것 같아요."

"여기의 날씨는 항상 이렇게 청명하지. 그래서 근대에 화가들이 집중적으로 살았던 거고."

"우리가 왔던 그때도 햇볕이 쨍하고 금이 갈 것 같은 날이었는데."

선우는 그때를 생각하는지 한동안 먼 하늘을 바라보았다.

"이렇게 맑은 날에는 밤이 더 좋을 것 같아. 오늘은 아를의 론강 가에 앉아서 밤이 새도록 이야기해 보자고."

행복해하는 선우를 바라보았다.

"그래요."

해가 뉘엿뉘엿 붉은 속살을 온누리에 뿌리고 있을 때 석규는 빠른 걸음을 하였다. 선우는 서두르는 것을 알아차리고 따라왔다.

근대부터 이어져 온 마을이 그대로였다. 언덕에서 마을을 바라보니 온통 색이 바랜 붉은빛의 지붕이 눈에 들어왔다. 아기자기 붙어 있는 낡은 집들마저 정답게 보이는 아를이었다.

아를 론강 가에서 밤이 이슥하도록 스테이크를 먹었다. 바쁠 것 없는 프랑스인들처럼 느슨한 저녁을 즐겼다.

다들 관심이 없었지만 동양인 두 사람이 프랑스식 저녁을 먹는 것이 낯설어 보였는지 주의 깊게 살피는 프랑스인도 있었다.

저녁 식사를 끝마치고 카페를 나왔다.

선우는 자연스레 팔짱을 끼고 걸었다. 예전과 같이 론강 가에 있는 돌의자에 앉아 강물을 내려다보았다.

항상 그랬듯 수많은 별들이 론강으로 쏟아져 내렸다.

강가에 앉아 선우에게 해줄 수 있는 일들이 무엇인지 깊이 생각하였다. 선우는 별들을 바라보며 앞으로의 삶을 생각했다.

마치 수런거리는 별들처럼 할 이야기가 많았다. 선우는 계속 말을 했다. 듣던 듣지 않던 상관하지 않고 자기 말만 하였다. 별들이 유난히 많은 밤이었다. 선우의 긴 머리가 가끔씩 이는 바람에 얼굴을 간질거렸다.

"오늘밤에도 별들이 많이 나왔네요."

선우는 하늘을 올려보다가 론강에 아른거리는 물 위에 펼쳐진 한 폭의 그림을 바라보았다.

"우리를 축복해 주는 별들이야."

선우의 볼에 입술을 가져다 댔다. 선우는 꼼짝하지 않고 석규의 어깨에 기대앉아 있었다.

"병원에서 보았던 그 그림이 생각나요."

"론강에 별이 빛나는 밤."

"예."

선우는 병원에 걸려 있던 사진을 생각하고 비교해 보는지 강물에서 눈을 떼지 않았다.

"오늘은 그림에서가 아닌 실물을 마음껏 감상해 봐."

"바람도 시원하고 부드럽고 하늘과 강에는 별들이 속삭이고 오늘밤은 영원히 잊을 수 없을 것 같아요."

"정말 좋은 밤이야."

선우와 석규는 새벽녘까지 그곳에 앉아 별들을 바라보며 앞으로 살게 될 계획들을 각각 생각하였다.

프로방스에서 일정을 마치고 다시 후원자인 앙리의 무덤을 찾았다. 정오의 햇볕이 쏟아지고 있었다. 샐비어꽃의 붉은 꽃잎이 더욱 붉고 투명하게 보였다.

석규는 무덤에서 웅크리고 앉아 있는 앙리의 모습을 상상했다. 편안하게 누워 있는 모습이 아니었다.

"왜 이런 모습으로 떠오르는 것일까?"

혼잣말을 하고는 샐비어꽃잎을 만졌다. 한국의 영안실에서 느껴지던 앙리의 감촉이었다.

선우는 마치 사람의 피와 같다고 말한 것은 그때였다.

앙리님이 왜 샐비어꽃을 심어 달라고 했을까 하고 의문을 품고 있었던 때라 선우의 말이 가슴속에 박혔다.

앙리가 무덤에서 나와 피와 같이 정열적으로 살다 갔노라고 말하는 것 같았다.

한국으로 떠나겠다고 앙리 무덤 앞에서 고하고 여장을 푼 마리 혼자 살고 있는 집으로 갔다.

떠나겠다고 인사를 하자 마리는 포장된 그림을 한 점 주었다. 펼쳐보려고 포장을 열려고 할 때 말했다.

"앙리님이 누군가에게 기증해야 한다고 남겨놓은 것입니다. 지금 생각해보니 주인인 것 같아 보내는 것입니다. 한국에 들어가서 포장을 개봉해 주었으면 합니다."

그림을 받아 들자 선우가 고맙다는 인사를 몇 번 계속해서 했다.

마리는 마당으로 나와 석규와 선우가 탄 차가 보이지 않을 때까지 그 자리에 서서 지켜보고 있었다.

한국으로 들어가는 비행기를 탔다. 그림이 손상되지 않게 화물로 부치지 않고 직접 들고 비행기 객석으로 들어갔다.

신혼여행을 마치고 다시 한국으로 들어왔다. 먼저 선우와 같이 살 집을 알아보았다. 아파트나 많은 사람들과 어울려 사는 공동주택 같은 곳을 피하기로 하고 한적한 곳을 알아보았다.

집을 찾는 동안 선우는 그대로 원룸에 머물러 있었다. 선우가 행동에 아무런 어려움을 느끼지 않을 곳을 찾아다녔다.

둘이 음악을 할 수 있는 곳을 알아보던 중 선우는 시향에서 첼로를 뽑는다고 하여 첼로 테스트를 받았고 곧 합격하였다. 시향에서는 선우의 음악에 대한 경력만으로도 입단이 가능했다.

그러던 중 어울리는 집이 나타났고 부동산 중계업자로부터 연락이 왔다. 미륵산 기슭에 있는 단독주택인데 방도 여럿 있었고 특히 음악을 할 수 있는 연습실도 갖출 수 있는 공간이었다.

소리 때문에 누구한테도 제약을 받지 않을 공간이었다.

집의 모습은 꼭 아를에서 보았던 유럽식 주택을 닮아 있었다. 겉모습만 봐도 마음에 드는 집이었다.

내부에는 거실이 넓게 자리를 잡고 있었고 그 거실에서 보면 붉은 황토로 된 밭들의 긴 이랑이 눈에 확 들어왔다.

밭이랑 앞에는 조그마한 호수가 있었고 호수 위에 바람의 형상까지 내다보였다. 집을 샀지만 꼭 주문하여 지어진 집처럼 느껴지는 집이었다.

먼저 선우에게 집을 보여 주었다. 선우는 멀리 집의 초입에 들어서면서부터 좋아했다.

내부를 들여다보고는 더욱 좋아하였다. 집의 구조가 맘에 드는지 요리조리 살폈다. 그렇게 자세하게 살피던 선우는 모서리에 구축되어 있는 창고를 보고 좋아하였다. 전에 살던 사람은 창고로 사용했지만 선우는 연습실로 생각하고 있었다.

"이곳을 연습실로 꾸며 줄 수 있어요?"

선우의 안목도 석규와 꼭 같은 생각을 하고 있었다.

"이곳에서 저쪽 산을 바라보면 참 좋아. 갈참나무가 많고 간간이 늘 푸른 소나무도 있지. 그리고 더 좋은 것은 아무렇게나 자라고 있는 사이프러스나무들이지 아를에서 아무렇게나 자라나 서 있곤 하던 그 나무고 빈센트 반 고흐가 그렸던 별이 빛나는 밤이라는 그림에도 등장하던 그 나무가 여기에도 있네. 저길 봐."

석규는 선우가 좋아할 말들을 골라하였다.

"저 나무는 어둠 속에서는 어떤 모습일까?"

선우는 한동안 창밖으로 펼쳐진 숲속을 바라보았다.

"검은 장막처럼 보일거야."

"왜?"

"이곳은 불빛이 없어서 밤이 되면 어둠의 벽이 되곤 할 것
이니 두고 보라고."

그 말을 하고 파리의 한적한 시골을 생각했다. 그때 도시
와는 다르게 시골의 밤은 아무것도 보이지 않는 검은 장막이
었다.

"이 거실에는 마리가 준 그림을 걸어 두는 거야. 꼭 맞은
사이즈니까."

연구실에 두고 온 그림의 크기를 생각하며 말했다.

"그 그림엔 무엇이 담겨 있었어요?"

"일이 바빠 펼쳐 본다는 걸 깜빡 했네 같이 보기로 하자."

그때서야 그림을 보관만하고 있었지 보지 못한 것을 알았
다.

"어떤 그림일까?"

"난 그림이 누구 그림인지가 몹시 궁금하다네. 앙리님의
그림일까 아니면 마리의 그림일까 하는."

창고로 사용했던 장소에 더욱 심혈을 기울여 리모델링해
야 한다고 생각했다. 선우가 그곳에서 음악을 하고 또 천사

들과 대화를 한다면 누구에게든 눈치 볼 일이 없어 좋을 듯
했다.

얼마 후 집을 정식으로 구입하고 집으로 들어갔다.

맨 먼저 선우가 주로 연습할 공간부터 음들이 튀어나가지
않게 방음장치까지 설치하여 주었고 숲으로 난 창문은 더욱
넓게 설치하였다. 방안에서 보니 산의 정상까지 훤하게 보였
다.

산속에서 들려오는 은밀한 새들의 이야기와 짐승들의 발
짝 소리까지 다 들리는 곳이었다.

리모델링을 할 때 건축업자에게 말해 선우의 방은 더욱 신
경 써서 공사를 하도록 하였다.

공사업자는 바람소리나 바람이 나뭇잎을 스치는 것까지
다 보일 수 있도록 각별히 신경을 써주었다.

공사업자는 일을 끝마치고 유독 산으로 난 방에 왜 그리
관심이 많은지 물었다.

"창고로 쓰면 알맞을 구석진 방을 왜 비싼 돈을 들여 방으
로 꾸미는지 이해가 되지 않습니다."

공사업자는 그렇게 말하며 바라보았다.

"저곳은 나에게 가장 중요한 분이 공부하는 방입니다. 소
리에 민감한 분이기에 이렇게 방을 꾸미는 것입니다."

공사업자는 이해가 되지 않는다는 표정을 하였다.

선우는 그곳이 마음에 꼭 드는 방이라며 하루 종일 그 방

에 박혀 살았다.

석규가 살며시 그곳을 방문하면 누군가와 대화하던 선우는 흠칫 놀라기까지 하였다.

우선 집이 마음에 들었다. 뒤편에는 미륵산의 꼬리가 있고 문을 열면 산바람이 집안으로 들어왔다. 아침부터 저녁나절까지 햇빛이 창문을 더듬거리며 머물러 있었다.

거실에 그림을 걸기 위해 연구실에서 받았을 때의 그대로 포장되어 있는 그림을 가져왔다.

선우와 포장을 같이 벗기니 추상적인 그림이 얼굴을 내밀었다. 그리고 그림 아래에는 후원자이신 앙리의 사인이 있었다.

"저 그림이 상징하고 있는 것이 무얼까?"

선우는 그림을 감상하며 말했다.

무수히 많은 선들이 캔버스를 채우고 있었다.

"아마 아를의 빛을 그렸을 것인데……"

알 수 없는 그림이었다.

그림을 거실에서 가장 눈에 띄는 장소에 걸었다.

선우도 어떤 그림인지 몰라도 그림이 좋아 보인다고 말했다.

문을 열고 집으로 들어오면 그림이 가장 먼저 눈에 들어왔다. 광선 같은 선들이 어떤 땐 역동적으로 보였고 어떤 땐 절망의 상황을 희망으로 끌고 가는 느낌을 받았다.

그렇게 감상을 하곤 하던 어느 날이었다.

"저 그림이 어떤 메시지를 우리에게 던져 주는 것 같아요."

한동안 그림을 바라보던 선우가 말했다.

"저 선들은 음악을 표현한 것 같기도 하고 저렇게 누워 있는 선은 바이올린을 형상화시킨 것 같아요."

선우의 말을 듣고 천천히 그림을 바라보았다.

익산역에 걸어 두었던 그 그림과 연관이 있는 그림이라는 것을 알 수 있었다. 익산역에 있는 그림은 구상과 비구상이 반반이었지만 이 그림은 모두가 비구상이었다.

"그래. 굳이 이 그림을 선물한 것은 그 그림의 후속작이었기 때문이야. 같은 작품을 두 작품을 남겼다고 하더니만 이 작품은 그 작품들의 후속작이네."

"저 그림을 아직 이해하기 힘드나요."

선우가 그림을 자세하게 바라보고 있자 곁으로 다가왔다.

"소실점이 네 개인 그림이야. 평면에 원근도 표시하기 어려운데 소실점을 네 개씩 선정하고 절묘하게 그린 그림이네."

그 말을 하면서 선우를 바라보았다.

"차원이 다른 그림이지. 공간에 선들이 떠 있고 그 선들이 일부는 악기를 표현한 것이고 다른 선들은 그 악기에서 쏟아져 나오는 소리들을 표현한 공간을 그린 것이지."

그 말을 해놓고 마리를 생각했다.

"훌륭한 작품이네요."

작품을 주의 깊게 관찰하는 것을 보고 선우가 말했다.

죽어가면서까지 따뜻한 사랑을 보여주던 모습과 병마에 시달려 보기에는 너무도 초라했던 앙리님을 떠올려 보았다.

선우는 곧 자기 방으로 들어갔다.

집에 들어오면 들어오기가 바쁘게 미륵산의 꼬리에 붙어 있는 방으로 들어갔다. 선우의 방은 문을 열면 숲속으로 들어가 있는 느낌이 들었다.

"이곳에 있으면 마음이 편해지는 느낌이 들어 좋아요."

선우는 종종 그렇게 말하며 첼로를 닦았다.

"바람이 불면 바람이 부는 대로 좋고 비가 오면 숲속이 젖어가는 모습을 보아서 보기 좋아요. 그리고 더욱 좋은 것은 내 귀에서 들리는 천사가 너무 가까이 와 있어 대화하기에 딱 좋은 방이고 내가 켜는 첼로 음들을 천사가 좋아해 행복해요."

선우는 그 방의 좋은 점을 그렇게 하나하나 나열했다.

석규는 선우보다 집에 있는 시간이 적었다. 학교의 일도 있고 강의시간이 많아 틈이 없었다.

선우는 석규를 기다리며 첼로를 켜고 천사들과 이야기하였다.

그것이 환청이었다는 것은 일반 사람들의 말일 뿐이었고 선우는 귀에 들리는 모든 것을 천사와의 대화로 이해하였다.

　　프리마돈나 역을 했던 서리와 알푸레도 역을 했던 성수가 연구실로 찾아왔다. 둘은 좋은 일이 있었는지 얼굴에는 웃음 가득했다.

　　"어쩐 일인가?"

　　"이제 이탈리아로 떠나게 되었습니다. 그래서 인사차 들렀습니다."

　　둘은 좋은 일이 있는지 얼굴이 밝아보였다.

　　"그래요. 입학 허가가 떨어졌어요."

　　"네. 일단은 합격을 하였습니다. 그러나 그곳에는 어떤 일들이 기다리고 있는지 저희는 불안합니다."

　　"너무 불안해하지 말게. 그곳에는 먼저 간 자네들의 선배인 승희가 자리를 잡고 있을 거고, 어려운 일이 있으면 승희와 서로 상의해 가며 해결하면 될 것이고."

　　"알겠습니다. 그렇게 하겠습니다."

　　"언제 출발하는가?"

　　"내일 출발합니다. 아침 비행기입니다. 서리와는 같은 학교라서 서로 의지하며 지내면 잘 되리라 생각합니다."

　　"정말 축하하네. 학교의 위상도 있는 것이고 한국인으로서의 긍지도 잊지 말아주게."

　　"오페라를 해보니 음악에 대하여 어느 정도 자신감이 생겼습니다. 오페라를 해보기 전에는 내가 어느 수준인지 알 수 없었습니다."

"큰 무대에 서보면 자신감이 생기는 법이네. 이곳에서 오페라를 해보았으니 어려움은 없을 것이야."

"항상 고마웠습니다."

"기악에서도 유학을 떠나는 학생이 있었으면 하는데 그럴 학생이 나타나질 않아. 실력은 다 괜찮은데. 용기를 내는 사람이 없거든."

"그렇습니까? 곧 나타나겠지요."

"곧 나타나겠지. 첫 번째 출발하는 것이 중요한 것인데 용기들이 없어서 탈이야."

"선우 선생님은 잘 계시죠."

"그럼 열심히 시향에서 연주를 하고 있지."

"한번 놀러 간다고 했는데 그렇게 되질 않습니다."

"시간이 되면 함 들르게."

"네."

서리와 성수가 인사를 하고 연구실을 나갔다.

석규는 그들이 멀어지는 모습을 그 자리에 서서 지켜보았다.

평소보다 일찍 퇴근하여 선우 방으로 들어가 보았다. 선우 방에 가본 지가 오래되었기 때문에 도와줄 뭔가가 있는지 알아보기 위해서였다. 선우는 그때까지 집에 돌아오지 않았다.

서너 평 남짓한 선우의 방에는 악보들이 벽에 잔득 붙어 있었다. 쉽게 볼 수 있는 곡들이었지만 잘 보이지 않은 구석에 그림이 몇 점 그려져 있었다. 연필로 그려진 그림은 인물화이기도 하였다.

'누구를 그렸던 것일까?'

그림 앞에 놓여 있는 스케치북을 열었다.

그리다 만 초상화가 몇 점 더 있었고 완성된 그림이 없었다. 그림을 살펴보다 문득 생각나는 것이 있었다.

'선우가 요즘 자기 귀에다 은밀하게 이야기하는 천사의 모습을 그려 보려고 노력한 것은 아닐까?'

창문으로 숲을 바라보았다. 바스락거리는 늦가을의 정취가 느껴졌다. 온통 어두운 오렌지색으로 그려진 한 폭의 그림 같았다.

'저 숲을 보며 생각한 것이 이 그림이었단 말인가.'

새들이 수런거리며 창문 안을 두리번거렸다.

'새들과 친구가 되어 이런 그림을 그렸어.'

그림의 배경은 창문으로 보이는 숲속이었다.

'그럼 환청만 있는 것이 아니고 환시도 있단 말인가? 그렇지 않고는 이렇게 생긴 그림을 그리지 않았을 것이고.'

힘들어 하는 선우를 생각해 보았다.

'보지 않은 것처럼 행동해야겠어. 그 속에서 살고 있는 것이 행복일 테니.'

선우가 그렸던 스케치북을 덮고 처음 있었던 그대로 남겨 두고 밖으로 나왔다.

집 뒤로 난 마치 실뱀 같은 오솔길을 걸었다. 걸을 때마다 한적한 오솔길에서 참나무 잎이 밟히며 바스락거리는 소리를 냈다.

자꾸만 숲속이 깊어졌다. 오랜만에 느껴보는 행복하고 느슨한 여백 같은 휴식이었다.

14

바스락거리는 나뭇잎을 밟았다. 오솔길은 온통 갈참나무 잎으로 길을 메우고 있었다.

산의 정상으로 향하다 문득 선우의 노트를 펼쳐보지 않았다는 것을 알고 곧바로 다시 내려왔다.

스케치북을 펼쳤을 때 선우의 노트를 발견하기도 했지만 선우의 비밀을 지켜주고 싶은 마음에 노트를 열지 않았다.

어두운 오렌지색으로 변한 가을 산의 정취를 느끼며 내려오고 있을 때 가을바람이 불었다. 새들이 바람 따라 왔는지 한 무리가 따라오며 수런거렸다.

선우의 방문을 열었을 때 석양이 서쪽 하늘에 머물러 있었다. 붉게 떨어지는 태양 빛을 받으며 선우의 노트를 펼쳤다.

첫 장을 넘기자 이야기가 있었다. 이야기의 내용은 누군가
가 속삭이는 사람의 얼굴을 그려 보자는 것이었다.

항상 목소리는 있고 얼굴은 보이지 않아 추측으로 얼굴의
형상을 그려 보자는 심산이었지만 쉽게 되지 않는다는 내용
이었다.

의사의 말도 적혀 있었다. 자기가 듣고 이야기하는 것을
의사는 천사가 말을 한다는 것이었는데 속삭이는 사람의 존
재에 대하여 의사에게 물은 적이 있었고 의사는 딱히 이해시
킬 말이 떠오르지 않았는지 곧 주위 사람들이 듣지 못하는
천사의 음성이라고 했었다.

선우는 그것이 환청이라는 사실을 잘 알고 있었다. 그 환
청이 구체화되면서 환청과 대화한다는 것까지 알고 있었다.
하지만 의사의 말을 믿고 싶었던 것 같았다.

다시 한 페이지를 넘기니 이번은 사람의 형상을 구체적으
로 기록해 놓았다.

자신의 귀에 속삭이는 사람의 형상이 어쩌면 알 것 같다는
내용이었다.

첫 장에 있는 자기 합리화의 내용은 사라지고 속삭이는 사
람의 형상을 말하고 있었다.

아를에서 있었던 느낌을 이렇게 길게 적어 놓았다.

프로방스 그 아를, 스터리 스터리 나잇

아를 론강 가에 우리는 앉아 있었지

수많은 별들이 하늘을 장식했었고 아를 강에 쏟아져 내렸어

강물은 그 많은 별들을 넉넉하게 담고 있었고

당신은 물에 어리어 있는 별들을 바라보며 말했지

화가가 캔버스를 펼쳐 놓고 그림을 그리려고 할 때 캠퍼스
가 화가한테 무어라 말하는지 아는가?

캔버스가 말을?

캔버스는 화가에게 그렇게 말을 한다네

"이 멍청한 바보야. 너는 아무것도 할 수 없어. 한번 그려봐."

그렇게 말하면 대부분의 화가는 캔버스를 외면하고 만다고

나는 정신병원에서 빈센트 반 고흐가 그린 별이 빛나는 밤
을 매일 뚫어져 바라보았어

괴수의 혓바닥처럼 날름거리는 푸른 밤 그 사이프러스나
무의 검은 모습

그 모습을 생각하며 운동장 가장자리에 서 있는 플라타너
스의 검은 그림자와 대비해 보았지

괴기스럽게 줄기를 뒤틀고 하늘로 올라가는 모습

난 도저히 저 괴수의 품을 떠날 수 없다는 결론을 내리고
일반 화가들처럼 그 괴수를 외면했던 거야

빈센트 반 고흐가 직면하여 그린 그 사이프러스나무처럼

나도 그렇게 해보려고 낮이 되면 그 나무 아래를 종종 찾아
가서 첼로를 켰지

　하지만 난 대부분 그 나무와의 대결에서 지고 말았어

　태양이 지고 난 그날 밤이 되면 어김없이 하늘에는 별들이
운행했고

　별들을 바라보며 낮에 보았던 그 괴기스런 플라타너스나
무를 바라보지

　그리고 "난 도저히 저 녀석을 넘을 수 없어." 라고 소리를
질렀거든

　그때마다 간호사는 곁으로 다가와 슬픈 눈으로 바라보며
안정제가 필요하다며 투약하였고

　나는 죽음보다 깊은 잠에 취해 모든 것을 잊었지

　하지만 이제 그 아를을 생각한다네

　그때 나는 아를에서 사랑하는 사람과 이야기를 했다네

　론강 가에 앉아 있을 때 어느새 저녁이 되었고 하늘에서
하나 둘 별이 나타나고 시간이 흐름에 따라 그별은 우리를
내려다보며 움직였지

　빈센트 반 고흐가 보았던 별과 같이 정신병원 철창에 걸려
있었던 별들의 무리

　빈센트 반 고흐의 그 느낌을 그땐 알 것 같았는데

　사랑하면서도 사랑한다라고 말을 못하는 내가 이렇게 초
라한 것인지

이렇게 지금 과분한 사랑을 받고 있다는 것이 부끄럽기도
하고

아를 론강 가에서 있었던 일들이 기억에서 새록새록 다가
오네

그때 근처의 저녁카페에서 흘러나왔던 노랫소리가 내 주
위를 더듬거렸고

그 곡은 계속하여 귓가에 맴돌았지

광장에 시커멓게 서 있던 프레데리크 미스트랄의 동상은
우리를 바라보았지

그때 당신은 동상을 보고 웃으며 '저길 봐 저 프레데리크
미스트랄이 우리를 보고 웃고 있잖아' 라고 놀렸지

아직도 귓가에 울리는 음악소리

그 곡의 이름은

스터리 스터리 나잇

학창시절에 이 곡에 미쳐 보지 않은 사람이 있었던가

빈센트 반 고흐의 노래

계속하여 그 노래가 들리고

그때 사랑하는 그대에게 머리를 기대고 그대의 숨소리를
들었지

그대는 가끔씩 강물에 이는 바람처럼 조그맣고 은밀하게
말을 했다네

사랑한다

그리고 수도 없이 이마에 입을 맞추어 주었지

그 목소리의 주인공이 내가 듣고 있는 천사의 소리라는 것을 이제야 알았다네

석규 선배 그리고 내 사랑

천사가 누구인지 그림을 그리고만 싶었지 그 사람이 곁에 있다는 것을 생각지 않았어

당신의 말은 강바람처럼 부드러웠고

론강 가에 피어 있는 별들의 속삭임처럼 달콤하기도 했다네

내 귀에 들렸던 속삭임의 소리는 천사가 아니라 당신이었다는 것을 이제야 알았다네

난 정말이지 못난 사람이었어

가까이서 속삭이는 사람이 당신이라는 것을 이제야 알았으니

당신 정말 미안해요

이제 난 그림을 그릴 수 있을 것 같아

스케치북에 당신을 그려 넣으면 되니까

다시 들리는 그 노랫소리 스터리 스터리 나잇

우리는 지금 빈센트 반 고흐처럼 고독하게 살고 있으니

그 노래가 내 귀에 들렸던 것이지

스터리 스터리 나잇……